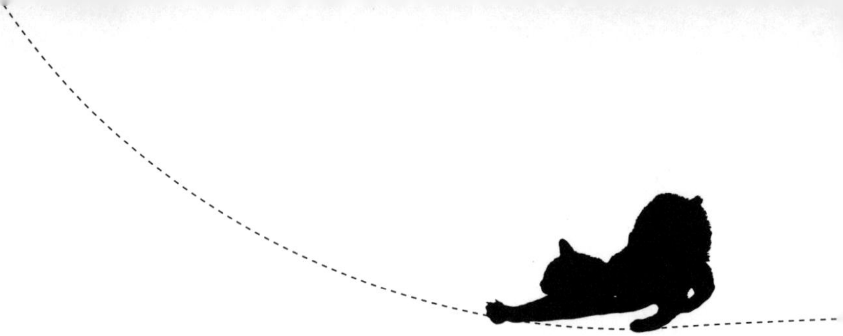

貓事大吉

心岱 著

目錄 Contents

〔作者序〕

遇見你，是人生最幸福的事

（咪子，張良綱／攝）

搬家的時候，我的行李很簡單，一部鐵牛車坐著我和四歲的兒子，腳邊是一個貓籠子和幾箱書稿；我們就這樣啟程，來到了新的落腳處。

這一年陽春時節，因為遭逢喪夫的家變，我必須尋覓新生地，一切重頭開始；所幸我有個孩子，家人與朋友都這樣告慰我，我說：我有兩個孩子呢，貓也是我的孩子。

可是，更多的時候，我認為貓是兒子的褓姆、我的老師、我們共同的神。但貓拒絕我的歌頌與供養，貓只是和我們一塊生活，一起成長，一起老去。

如今，四十年過去，兒子已獨立自主，我也從職場退休了，至於貓呢，他們是鏡花水月，沒有人可以牽絆他，可是我知道，貓跟我生命的連結是永世的。

這十多年來，家裡的貓一隻少過一隻，我無法再像年輕時，可以接納新貓來療傷止痛。相對地，我的「貓收藏」數量，卻是一年比一年多，如今已多達千件。

這是上天給我的補償，還是給我的重擔？無論如何，能遇見貓，不管是真貓，還是假貓，跟我結緣的貓，即使只是偶像、只是畫片，對我來說都是滿溢的幸福。

這大半生都與貓共同生活的我，其實並不需要收藏什麼，我的記憶中，全是貓的點點滴滴，然而，生命的因緣際會竟成就了我的使命。

這一切的開始因為「貓的走失」，當時我們來到永和四層公寓的新居後，這隻名叫「小叮噹」的大公貓仍習慣外出嬉遊，他沒有結紮，偶而發現打鬥負傷。但休養了幾日，照樣生龍活虎地坐在門口，要我們為他開門；我從未想拘禁他在家中，因為「小叮噹」非常聰慧，是一隻高智商的暹羅貓，無論晴雨，每天一定會在巷口等候我下班，然後跳到懷裡讓我抱上樓回家。他的撒嬌親暱，就像最大的犒賞，成了我每天工作的動力，我總是盡量空著雙手回家，以便把他抱得更飽實、更貼合。

然而，有一天，我終於落空了，小叮噹取消了我們的約會，從此隱遁到我無法尋覓的空間。

為了記憶他的形體吧，為了傷痛復原吧，決心蒐集貓物的行動就此展開，我記得最初的一隻貓偶，是在東區的服飾店看到的，一隻雪白瓷器的貓偶，以他高傲的形姿站在櫥櫃裡，他的五官模糊而抽象，但眼神卻撼動著我，恍惚間，我被它撫慰了。

這隻白瓷貓不僅有療癒之效，也帶來奇蹟。三個月後，我們家多了「咪子」與「小乖」兩隻來領我進入生命功課的貓。而這一切，也正是啟蒙了我收藏貓逸品的開端。

從一隻貓到數十隻貓，從一件到千件的收藏品，這些說不完的「貓事」裡，記載了從青春歲月、哀樂中年，及至銀髮樂齡的情愫因緣，貓是我的前世，也是我的今生。

（花子、仙草、端午，陳佳彣／攝）

人生×貓生

↑ 貓的原則只有一個：自在獨立。（盧紀君／攝）

材質：瓷器／尺寸：長14×寬12×高32cm／產地：香港

我在原生家庭時，就跟貓一起生活，並負責打理貓的生活相關。這時我才六歲，剛去小學辦理提早入學手續，媽媽說年底出生的孩子學齡吃了虧，能插班成功最好了。姊姊帶著我正趕回家要報告好消息，沒料到就遇見父親在門口，正卸下腳踏車後座綁著的一個竹籠子，我聽貓急切的叫聲。「來幫忙抬進屋子。」父親與匆匆地跟姊姊一起搬運著那頗大的竹籠。媽媽聞聲從廚房出來，說，貓大爺要來抓老鼠了。

大夥兒圍在竹籠旁七嘴八舌，我從竹條間隙看見裡面的貓，好小好小。「不要關他，放他出來啊。」我搶先拉開門扣。

父親說：「貓有傳染病，不可太親近。」

我才不管他的叮嚀，伸手就把小貓抱到懷中。說也奇怪，小貓沒有掙扎，很快就伏在我的臂彎裡呼嚕呼嚕起來。

大人吃驚地退了幾步，媽媽說：「這麼小的貓還沒有離乳吧，這樣能活嗎？」接著責怪父親的大意，並建議將小貓送回。原來小貓是從伯父家拿來的，伯父是我們家的佃農，住在鄉下。

「不行，送回才真的會死呢。」

聽說伯父的穀倉只需要會捕鼠的大貓，乳貓耗費食物而已，所以要父親快快拿走。

「貓就是要從小養的，才會一條心。」平日嚴肅的父親，竟然為貓說理求情。

「可是誰要照顧呢？這麼小的貓很費事的。」媽媽把聲調提高了。

「我，我，我來照顧。」

少不更事的我，卻自告奮勇。當時，並不懂得這就是一輩子的承擔，天註定要我成為貓的褓姆。父親愛貓，但在保守年代，大男人不輕易表現所愛，他只是把貓帶回家，從不親暱或聞問，可是在家規中，他看貓上桌、上床都睜一隻眼閉一隻眼，對貓的寬待就等於對我的愛，我們似乎共同擁有一個祕密基地。

小孩、小貓（貓一歲等於人七歲），同齡的兩小無猜，我們一起長大，可是很快地，貓懷孕生子，很快地，貓走了，因為誤吃被「滅鼠藥」毒死的鼠屍而痛苦死亡，她是間接被人類所謀殺。

這第一隻貓給我的震撼教育，竟是生死學。從此，我的喜怒哀樂就在字裡行間找到了出口。父親給我貓，貓給我一支筆。

我離鄉到台北求學之後，曾因居無定所而與貓背離，直到學業告一個段落，我才又與貓相逢。

那是我的青春年代，我的能量、我的歷練，都因為有貓而豐富。前中年時期，我立志為貓發聲，出版貓著作、籌辦貓雜誌、發揚貓美學、執行台灣貓的血緣普查，制定「台灣貓節」等等。在這前後二十年間，我的使命都致力於人與動物的情感教育上，直到網路興起，我看到傳播新世代的來臨，而我已經年老，只要我的信念能夠生根萌芽，這個社會將有更好的接棒人。我終於得以放下歇息了。

貓成就我的圓滿，也帶給我許多功課，但他們的來去有如鏡花水月，而我用一生一世復刻著他們的光譜。

↑與貓相遇，是前世今生，更是久別重逢。（雅雅，盧紀君／攝）

久別重逢‥

鳥是鳥，狗是狗，貓是百分百的人；
也許，因為我做不成貓，
所以貓只好陪伴我扮演人的角色。

「世間所有的相遇，都是久別重逢。」

這是一代宗師電影中，宮若梅見葉問最後一面時說的。

這句話道出了前世今生的真諦，雖然我並非篤信宗教上的「輪迴」之說，但我相信在世間所有的相遇：凡「生命與生命」之間，都是有其淵源與定數。

淵源比較容易解釋，我們會用「緣分」來概括這條牽引彼此的線索。

無論好緣、惡緣，因為有累世之說，緣才如此繁複，緣到了，就相生聚合，緣盡了，便生離死別；不必遺憾也不用感傷。定數則牽涉到「時空」，相遇必須符合擦肩不錯過的機率，分秒不差才行，還要加上當時的氛圍，緣分有時不是從天而降那麼地輕而易舉，緣分操控在你當時心意的收與放，是「久別的宿命」，還是「重逢的悲歡」，端看命運中的因果吧。

以我的貓家族來說，我在與貓相遇的剎那，總是籠罩在一份似曾相識的氛圍裡，那個時空、那個環境、那個心情……彷彿不在地球，也不在人間，是在域外太空或出雲仙境，總之，我們像是各自流浪千年的至親所愛，此刻相逢非意外，既是前世也是今生的盟定。

家裡同時擁有四貓的生活，是我哀樂中年最美好的回憶，當時剛剛送走與我同居了多年的愛貓「咪子」，傷心欲絕的我，有兩個月閉門在家，走不出去。誰會料到這時候，四隻貓像天使陸續地降臨我家，其中有一雙姊妹，是朋友分享她家懷孕流浪貓的胎兒，一隻來自寵物店的認養貓，最後一隻則是花圃裡的棄嬰。

這些不懂世事的毛孩子，見著我儘管開口喵喵，天真無邪，肚子飽了就安穩好眠，醒來便專心嬉戲，命定我們要相遇，因為是失散累世的所愛吧，是久別重逢，不必經過考驗，也不用猶豫，我們註定要一起生活。

鳥是鳥，狗是狗，貓是百分百的人；也許，因為我做不成貓，所以貓只好陪伴我扮演人的角色。

如果，沒有貓，我在人世間不免太寂寞了。

我的貓家族成就了我，帶我修持與入門，給我功課也給我光譜。貓是我的前世今生，我們在世間相遇，如此熟悉相認，當然一定是久別重逢。

咪子

她是我走經街道，忽然受到一種莫名牽引而尋聲踏入一家寵物店，老闆指著鐵籠子說：「這是剛剛被人撿拾而委託我們販售的。」

↑ 咪子貓是來領我修持與入門的。（盧紀君／攝）

咪子

年齡：11歲（1983-1994年）

品種：暹羅貓／性別：♀

來處：購自寵物店的寄售貓

特質：氣質非凡、智商奇高、含情默默、能與人對話我聽說常有路上攔截家貓轉售圖利的不法行徑，當時應該要檢舉老闆販賣贓物的，但這已有些年歲的貓，她露出一種定靜的眼神，不慌不忙地將一隻前足伸出籠外，彷彿高高在上的女皇向我召喚，說著：別錯過，我們就是等待這重逢的一刻。

我被吸引了，原本只是路過的我，卻沒來由地停下腳步接受這個指令。取名咪子的暹羅貓，跟我非常的貼心貼意，她陪伴我從青春進入前中年期，教我怎樣看待世間情愛、教我如何尊重生命、乃至於「挑起與放下」的生活哲學。咪子的存在全為了來「領我入門」。

小乖

當我與咪子過著幸福日子的期間，我偶然在市區的巷弄發現一隻被綑綁在廢棄機車旁奄奄一息的小貓，看來已經餓了很多天，不只棄貓，還不讓有活路的這種殺手，真是罪惡深重。這隻取名小乖的虎斑貓，很快地健壯起來，在我必須身兼父職外出打拚的時候，小乖扮演褓姆角色，照顧我的單親孩子，陪伴兒子走過年少、孤寂、青澀的歲月；我還來不及言謝，小乖卻先走了。這成了我心頭永遠的痛。

↑ 小乖貓是我兒子的褓姆。（盧紀君／攝）

小乖

年齡：12歲（1983-1995年）

品種：虎斑土貓／性別：♀／來處：巷弄裡的棄貓

特質：乖巧、溫柔、貼心、健康

十月

小乖絕命於獸醫院，我們雖滿懷哀戚與無奈，卻願意領養醫院推薦的一隻無主貓。十月來的貓，取名叫「十月」，長大後出現類似癲癇症狀，腦內放電時，生命掙扎的血淚痕跡歷歷在目，我們懷疑她是醫院不法的實驗貓，她的靈魂似乎被肢解過，總是有那麼一角的殘缺，憂鬱的眼神透露了她遭受虐待的創傷，醫院裡還有多少被逮去做手術練習的「羔羊」？十月背負了人類的殘暴，她讓我心疼又無能為力，然而，她也教我承受「不完美」、「缺憾」的自在與驕傲。有一天，家人都外出時，她選擇不告而別，上天雲遊去了。那剛好也是秋涼時節的十月。

十月

年齡：10歲（1995-2005年）

品種：三花土貓／性別：♀／來處：獸醫院的實驗貓

特質：謎樣的身世，憂傷的心靈，背縛著生命的原罪

↑ 十月貓的靈魂被無情肢解，一生都在尋找那殘缺的一角。（盧紀君／攝）

花子

看到花子，禁不住想到日本藝妓，一張粉白的臉，卻能風情萬種，女性特有的嫵媚竟在一隻貓身上表現無遺。花子的美，常常讓我不經意地發出讚嘆之聲，彷彿看著古老時空的絕世美女，情不自禁地就陶醉了。她看我要出門了，便顯得焦慮不安，手勾著我衣服不肯讓我走。當我抱她安慰她時，她發出急促的呼嚕呼嚕聲，當時以為這是她在撒嬌，沒想到呼嚕聲其實也代表病痛的徵兆，我卻聽而不聞，錯過了醫療的黃金時間。花子是我貓家族中最為短壽的貓，真的印證了紅顏薄命。

仙草

花子的同胞妹妹仙草，有與姊姊完全互異的風格，獨立、沉默、自有主張，使人永遠猜不透她的心事。個子雖然瘦小，卻始終「老神在在」，除了對柑橘科的氣味過敏外，世間沒什麼事物值得大驚小怪的，她總是落落大方、帶著仙氣，不動聲色地與我互相凝視，某段期間，我修習崑曲，每在家中開嗓時，她都很有意見，除非我唱得正，不然她便收起一貫的「獅身人面」姿態，逃之夭夭。可憐她也逃不過飼料貓的宿命——腎衰竭，與花子一樣才到壯年就長眠。

↑ 花子（左）與仙草（右）是姊妹，一個三色，一個貍色。（林國彰／攝）

花子

年齡：6歲（1996-2002年）／品種：三色土貓

性別：♀／來處：流浪貓的孩子

特質：古典的貴族氣，行走坐臥皆優雅、美得過火

仙草

年齡：11歲（1996-2007年）／品種：貍色土貓

性別：♀／來處：與花子為同胞姊妹

特質：神祕的綠寶石眼睛，有如深邃不可測的湖泊

雅雅

雅雅是兒子專屬的貓，她到我們家很是「傳奇」。

我服務的出版公司在一樓開了門市書店，有一天店員忽然找我說話。原來上班途中遇見小貓陷在施工中的馬路，全身因掙扎而沾滿了熱柏油，正在進退維谷地哀號。

她抱起貓直奔獸醫院。被即時救援的貓很幼小，剪去了身上一半的毛，獸醫說如果失溫可能會致命。她只好帶回家餵養，可是家裡的老貓不容她，全家人因而大鬧脾氣。於是她把貓帶到書店，偷偷養在紙箱裡。主管發現也不饒，要她做出選擇。

店員很痛苦，求助於我。面對這剛出社會的新鮮人，我沒有良方，只有接收這苦命的小貓。像個癩痢頭的小貓很不討喜，我家四隻貓有如見到醜怪，不是嚇得躲藏就是衝上去咬。沒想到，她變成了我的苦惱。

最後是獨具慧眼的兒子接收照顧，把小貓帶去與「十月」作伴，並取名「雅雅」。當時我們尚看不出她毛色，三個月後，果然如兒子所預知，不僅出落成美麗的金黃虎斑，個性也溫柔體貼，坐臥行止都展現一派淑女的優雅。她與罹患癲癇症的十月融洽相處，陪伴她到往生。

雅雅的優雅身影與神祕眼神，在兒子的攝影作品中得到見證，她是封面級的模特兒。

端午

從小被當作「廣告貓」，日日生活在小提籠與聚光燈的攝影棚中，當我聽到這樣的故事，便決心拯救這隻被擺布的「受虐童工」。

於是，他在端午節的凌晨來到了我家，這時我同時擁有三貓，我為他們搬到大房子，寬敞的座北朝南新居，陽光充足的窗台，人貓幸福地過著每一天。端午雖是唯一的公貓，但他凡事溫良恭儉讓，不僅照顧貓姊妹，也充當我的左右手，陪伴我熬夜工作，給我可靠的安定感。端午最後的四年，經常嘔吐，當時走遍各家獸醫院都沒查出病因，醫師長期開止吐劑治標，端午都逆來順受，從未讓我感到餵藥的棘手。後來得知有貓對飼料中的穀物過敏，必須吃「無穀類貓糧」，如今想來，端午也許只是腸胃過敏，只要調整食物即可，卻被庸醫與我的無知害死了。

↑ 雅雅是兒子專屬的貓。（盧紀君／攝）

雅雅

年齡：19歲（1996-2015）

品種：金色虎斑土貓

性別：♀

來處：受難的流浪貓

特質：儀態優雅，聽懂人語、溫馴貼心、會玩撿紙球遊戲

↑ 端午外表威武，性格卻是溫柔敦厚。
（盧紀君／攝）

端午

年齡：13歲（1996-2009 ）
品種：雲豹紋的土貓
性別：♂／來處：寵物店的廣告貓
特質：外表兇猛、內心溫馴集野性與溫柔的衝突之美

小乖二世

他被遺棄在馬路邊的花台，剛剛出生，眼睛未開，老鼠大小，還好他有高分貝的喵聲，把等公車的我叫住了。聞聲尋找，終於在昏黃路燈下，發現白色蠕動的小身影。手掌大的貓嬰兒，全身冰冷僵硬，不會吸吮奶

小乖二世

年齡：18歲（1997-今）
品種：藍眼白貓／性別：♂
來處：馬路邊的棄嬰
特質：緊張大師、鬼精靈怪
人來瘋、若即若離

← 小乖二世為了與我重逢，歷經死過千百遍才決定活下來。（陳文發／攝）

嘴，我以為活不過四月冰涼的季候。但在我的加油聲中，小小乳貓靠著下鋪電毯、上照燈光好不容易慢慢地回魂了，他在三天三夜裡一定死過千百回，終於決定重見我這個媽媽，願意接受奶瓶裡的人工奶水。是不是我的小乖來投胎續前緣？我面對眼前的奇蹟這樣相信著，於是取名「小乖二世」。如今「小乖二世」已經從魁梧大貓到了靜靜老貓，他歷經了貓口逐一地凋零，從四個到三個到兩個，到掛單；但始終小乖二世都很獨立，以若即若離的態度與我相守，他深昧「愛不過火」的哲學，當我啐啐念時，他總是充耳不聞，自顧閉目養神。

聘貓有禮

來聘她的人不斷答應會疼愛相待，
並允諾會給溫暖的毯子睡覺，每餐也會準備魚鮮，
但即使如此，做母親的卻始終難以放心……

貓進入人類社會雖然有五千年之久，但在遠古時代，貓並非一開始就被視為「寵物」，合理地說，應該只能算是「半家貓」，飼主最多給貓一餐，以交換貓在穀倉捕捉老鼠的工作。

當時的貓生活自由自在，以自然的繁殖與淘汰維持著貓的族群與勢力，人們要養貓，必須等待鄰居或親朋的母貓受孕，並獲得飼主的允諾。到了迎接小貓時，一定要送上「聘禮」，其慎重如同嫁娶之儀式。

清咸豐年間，永嘉人黃漢將古今典籍裡面所蒐集到的貓資料編撰成《貓苑》一書，書中記載黃山谷的詩句「買魚穿柳聘銜蟬」，意思是「用柳條提著買來的鮮魚，將貓迎娶回家。」

中國各地方的聘貓習俗互異，浙江人用加鹽的醋，比對南宋詩人陸游的詩句「裹鹽迎得小狸奴」，可見用鹽當聘禮的流傳已有相當歷史。

蘇州話唸「鹽」為「緣」，所以在婚嫁時送「鹽」和「髮」代表「緣法」。想必聘貓用鹽，也是取「緣」的意涵。

紹興人聘貓用的是「芋麻」，當地有「芋麻換貓」的成語。

潮洲人用糖當聘禮，富貴人家則更加豐富，如備上：茶、黃芝麻、大棗、豆芽等。

台灣習俗亦是以「砂糖或糖果」為主，有的則換成「白米」或「紅包」。

在六〇年代，六歲的我跟著父親去田莊伯父家迎貓的過程，一清早搭

↑ 古時送貓，猶如嫁女一般以禮相聘。（盧紀君／攝）
材質：瓷器／尺寸：長6×寬9×高10cm／產地：日本

上人力三輪車，車裡滿載了禮盒，父親說，都是製作冬衣的「料子」，伯父家是佃農，稻穀、雞鴨等吃食都不缺，而開「布莊」的父親，大方地以昂貴衣料當作「聘禮」。父親交給我一袋大兩斤的砂糖，讓我提著，當伯母帶我們去看母貓窩時，最先抬眼的小貓，便是要跟我們回家的貓，一切似乎都有命定，我剛剛蹲下身子把糖放一旁，一隻黑色小貓聞聲掙脫了貓媽媽的乳頭，好奇地四處張望，終於走到我的身邊。

伯母說，一般人不喜歡黑貓的，你可以再選選。

父親說，那有這事，什麼貓都好，沒有分別心的。

伯母應和地說，黑貓抓老鼠頂拿手。接著拿一個小紙箱把黑貓裝進去，這小貓完全沒有驚恐地掙扎。

當我們步出穀倉時，我聽見母貓的騷動，但沒有人回頭關切，一切都是天經地義，這一直要等到我長大了，我才知道小貓離乳時，母貓是如何忍著像刀割的疼痛，這種哀戚之情，當時的我毫無察覺。

歷經半個世紀，禮聘貓的習俗早已消失不再，貓隻的來源有人工繁殖場、有被遺棄街頭的流浪貓，反而等待母貓受孕生產小貓的機會很稀有，大部分的貓小小年紀就被送去閹割、結紮。

有一天，朋友送來一個紙箱，打開來，先聽到微弱的喵喵聲，一團破布包裹的東西在蠕動。最搶眼的是一張紙條，寫著：「善心人士，請收養他。」箱子角落放著一罐已經打開過的貓奶粉與小奶瓶。

這種棄嬰故事不稀奇，市井皆常聽聞，如果你沒有遇上，是麻木不仁的；但當紙箱從天外飛進你家，這時，就不只是一個笑話而已。

這個禮物是輾轉而來的，也就是善心人士發現了紙箱，但自己無法處理便送到我家。「因為是一隻黑貓，你不是很想要有黑貓嗎？」朋友說。

我也承認，童年迎黑貓的記憶難忘，這些年確實很想再養黑貓，可是，並沒有料到是在這樣的情況下。

「緣分啊。我就是那個媒人，還不知感謝？」朋友理直氣壯。

乳貓根本還沒有睜眼，想來初生還不到十天呢，失去媽媽哺乳的幼貓，不但飢餓難耐，也將會失溫而亡，我望著在我掌心蠕動的小傢伙，一時也不知所措，眼前籠罩著不祥的氣息。

「既然來你家，你一定要收留。」朋友看我不說話，便用威脅口氣。

我滿腦子在想著，這是怎樣的一場生命連結與變局？

原來不相干的我與小貓，只因為「黑色」而結緣嗎？還是我為了要幫忙解決「朋友」的難處，而不得不扮演那個紙條上註明的「善心人士」？

「何況，你家多養一隻貓也是福氣。」朋友的這種說法，我沒有反駁的藉口，因為小貓就在生死邊緣；他來自何處？貓媽媽一定苦苦在找尋這個嬰兒，遺棄他的又是怎樣的一個人？我忽然覺得這世界上，大概沒有一個生命和另一個生命是絕對沒有關係的。在冥冥之中，藉著什麼氣息或聲音，我與小黑貓的命運開始交會。

從前，貓要用「聘」的，也就是把貓當成女子下嫁的意思，這是何等的美事一樁。而現在，貓不是被當成「商品」買賣，就是棄之如垃圾。在《貓苑》書中，作者寫張夢仙在江西當官後，曾經以〈嫁貓〉為題徵求各方詩文。他自己發表的文章內容如下：

> 天底下有這麼多不可多得的動物，一般人養貓就像養女兒，剛出生就費盡心思當她的母親，撫養長大便期待她會捕鼠。她的品相優良，毛色特別，無論是發威或撒嬌，那喵喵聲響如同天籟。於是有人上門來提親，在收到鹽聘要將她娶走時，做母親的想反悔已經遲了，只能抱著她辭行，心中不捨淚流滿面。仔細整理她脖子繫的銅鈴和美麗的皮毛，送出門時還再三叮嚀：要勤勞滅鼠，以博取主人歡心、不可怨天尤人自己受苦。
>
> 來聘她的人不斷答應會疼愛相待，並允諾會給溫暖的毯子睡覺，每餐

也會準備魚鮮，但即使如此，做母親的卻始終難以放心，嫁了女兒完成使命，卻給母親留下一生的遺憾。

這篇〈嫁貓〉之文，當時感動很多人，可說是愛貓如命的經典之作。回到現代，我的黑貓雖非「迎娶」得來，卻是從天而降，我珍惜這樣的緣分，無論是古代或現代，無論貓來自何處，我相信，貓永遠都是人類的守護神。

↑ 允諾溫飽，允諾疼愛，更允諾一生守護。（盧紀君／攝）

材質：玻璃
（前）尺寸：長14×寬5×高3cm
（中）尺寸：長9×寬6×高3cm
（後）尺寸：長12×寬7×高4cm
產地：法國

擁貓入懷，勝過珠寶在庫

當我叫他「夜貓」或「鬼貓」時，
他會一臉無辜與我久久凝望，讓我想懂得他的抱怨或委屈，
但始終我從未明白他的心事。

很早期的時候，台灣有身價的貓，唯有暹羅貓一種，那是半世紀前的時光，當時街頭並沒有「寵物店」這行業，也就是說貓的交易是天方夜譚。一般貓隻的交流都是仰賴家中自然繁殖的互贈而非買賣，路上只可能遇到迷途貓，絕對不會有「棄貓」或所謂的「流浪貓」。

當時的社會簡樸、井然有序，人心善良純真。相對地，貓狗小動物都在自然中成長，即使有飼主的家貓也是自由進出屋舍，直到我從小鎮來到

台北求學，都市生活給我最大的震撼就是在公寓裡養貓。每戶樓層都長得一個樣，貓哪裡認得出門牌號碼？

可也奇怪，貓比我早適應都市環境，貓就是知道家門戶別，我太過緊張，往往阻止貓越出大門一步；當時的動物知識普遍低落，原來貓憑嗅覺就能判斷方位找到歸巢之路。那時的我，幼稚又神經質，擔心貓在外遇到各種不測：狗追受欺、求偶打架、馬路車禍、路人偷竊、腐敗食物等等。

那是六〇年代，初到台北的我，在下學途中看到地攤有人賣貓，兩隻關在籠子裡長得一模一樣的小貓，無助地向路人呼號。

我被吸引上前，販子說：「這是暹羅貓，泰國來的，很珍貴。」只有在書上看過圖片的我，這真的是大開眼界，淺褐色的毛，有點稀疏，但是眼睛的湛藍，倒是深得像海洋。

「你兩隻都帶走，我算便宜。」接著說：「難得有公有母是一對。」販子單手提著貓的頸脖子，給圍觀的人察看，此時貓叫得更加的淒厲，我難以忍受貓被視同貨物對待，一時就掏錢買下了。

這是我與暹羅貓的相遇。暹羅貓三、四個月後，開始顯現端子的重點色，臉、耳，四肢、尾巴的末端出現深咖啡色。雖只是單色系，但全身會隨著冷熱氣溫變化著漸層的色差，因此顯得身影華麗多彩。

暹羅貓的體型以高眺削瘦的為多，尾巴特長，臉則以倒三角形，突顯了長鼻子、大眼睛，大耳朵，以及特別寬厚的腦部。暹羅貓智商高，伶俐、聰明、體貼，據說古埃及崇拜的貓神像，就是以暹羅貓的形象塑造。具有東方風情的暹羅貓，就這樣在我家繁衍了數代，分贈了不少愛貓朋友，直到最後一隻出門不再回家為止，想來他勢必遭遇了我日夜害怕擔心的意外事件。

暹羅貓是我青春年華的生活伴侶，陪我走過艱辛的成長路程，貓給我奮鬥的力量，給我往前衝的希望，但是，我卻是貓的「送行者」，一隻接著一隻。

← 暹羅貓姿態優雅，眼睛湛藍如海洋。（盧紀君／攝）
材質：陶器／尺寸：長17×寬9×高11cm／產地：台灣

時序來到了八〇年代，包辦貓生活的寵物店如雨後春筍，有飼料、有貓砂，養貓簡便很多。可是有些事情也同時改朝換代，各種血統貓進口成為時尚之物，古老的貓種：暹羅貓乏人問津，身價跌到谷底，繁殖場不再養殖，他們從此在市場上消失了。加上家貓大量節育之後，貓的生態已經改變。

「擁貓入懷，勝過珠寶在庫」是我發行貓雜誌的口號，喊了幾十年，現在我都覺得心虛，因為自從失去了暹羅貓咪子之後，我再也沒有遇到「可以擁貓入懷」的貓。

在我的後中年期，也就是暹羅貓絕決之後，家裡來了新成員，總共有四隻之多，儘管與他們很親近，眼神交會得很緊密，可是這些不知來處的棄貓們，總是跟我有「疏離」感。

幼貓時，還可以放在膝上親親，長大了，對於擁抱總是閃避，或勉強忍耐兩分鐘便掙扎地跳開。貓的「不領情」，不但讓人尷尬，更是傷心。

或許，當我領養他們時，已經超過了貓社會化（四週至十二週內）的階段，在此階段，我可能未善盡職責，每天忙著朝九晚五，只在下班後才得與他們真正相處。

但是，不對，其中小乖卻是初生不久就來的乳貓，當她張開眼睛與耳朵時（大約在第十天），最初見到的正是我這個「媽媽」，聽到的聲音也是我的呼喚呢，理應當我是她最可信賴的伴侶才對。

但比起其他三隻貓，小乖更是彆扭，每次餵食都要與她奮戰很久，直到她累了，才肯屈就奶瓶上的奶嘴。稍長大後，她常躲得找不到蹤影，只到午夜才出沒。當我叫她「夜貓」或「鬼貓」時，她會一臉無辜與我久久凝望，讓我想懂得她的抱怨或委屈，但始終我從未明白她的心事。

個性孤僻的小乖，不參與貓們的遊戲，與我的互動更加地少，好像她的體內，還居住著前世的記憶，年紀如此幼小，卻擔負了沉重的業障，彷佛電影《班傑明的奇幻旅程》，必須用艱難的成長還諸前欠，才能回收青春，並一筆一筆勾消老成持重的冤孽，才能歸附無邪的天真。

小乖幾乎也如同班傑明，生命是顛倒走，日子是只有暗夜；不知情的朋友來家裡，見她可愛出手抱她或撫摸時，必定會被抓到受傷。

寵物貓如此異狀，真讓主人沒有顏面，對於我的宣言：「擁貓入懷，勝過珠寶在庫」，似乎完全地被打敗了。貓若不能「抱抱」，人與貓都幸福少少，這缺憾要找到歸咎的原因，只得：「你曾經在她需要陪伴的時候，有過缺席。」

多麼羨慕有貓可入懷的人，我卻只能在回憶中思念著那段與暹羅貓相依的年代。

貓的信仰與儀式

幾千年來，貓是所有家畜中，
唯一沒有完全被人類所馴化的動物，
貓的「淨身儀式」依然是貓文化中，讓人嘆為觀止的美學。

在我的家鄉鹿港，三百多年前的清代期間，曾是台灣第二繁榮的港都，稻米、鹿皮、糖鹽等物資的貿易不僅遍及大陸，甚至遠運歐洲各地，因此倉儲管理，尤其是針對老鼠的防杜工作，「貓」便成了最主要的負責角色。

除了商家的工作貓之外，一般家庭也因為這樣的淵源，普遍對貓是友善的，當母貓出現懷孕的消息傳出，就有人來預約，到了幼貓離乳期，親

餐後必洗臉淨身，維持尊容。（盧紀君／攝）→
材質：木質／尺寸：長5×寬4×高8cm／產地：荷蘭

家便帶著「禮物」來換取；在回家的路上，我記得媽媽會撿拾一顆小石頭，口中唸唸有詞，到了家門檻前，媽媽將貓尾巴掀起露出屁股，用小石頭擦了擦貓的肛門，嘴裡依舊唸一串「咒語」，意思是：好貓好貓，今天入籍我家，不可隨處大小便，要記得守規矩，健康長壽。

進家門後，把貓抱到準備好的「沙堆」（當年沒有現成貓砂，都是使用泥沙，或穀殼，或連炭渣。）連同這顆小石頭，讓貓聞嗅一陣子，並感受四肢踩踏沙堆的觸覺，這才完成了認養的「儀式」。說也奇怪，無論多小的貓，就此記住了家規，一生從未越矩。

當我長大後，我知道貓會在沙堆如廁，並非聽從人類的紀律，而是為了掩蓋氣味，以免招來天敵的生存法則，可是鄉人在知識不興的時代，卻能以儀式來彰顯信仰，把貓視為有文化者。

相對地，貓，其實也有他自己的「信仰與儀式」呢，不辜負人類給予「文化者」的稱讚。

貓是愛乾淨的動物，不僅固定到砂盆上廁所，平常隨時會理毛整裝，更絕的是，必定照三餐「理毛、淨身」各一遍。

我家的貓，都來自被棄的無主貓，迎接他們的那天，家裡早已準備好貓的清潔用具、各種功能的梳子、粗細不一的棉花棒、大毛巾、吹風機等。除非貓身體有恙，否則我都親自處理，幫他們洗澡，檢查身上有無跳蚤或傷口。

此後，我每天早晚一定給貓做全身按摩，並且仔細地梳頭理毛，藉此撫摸機會，觀察貓的健康狀態，從五官、皮毛、肌肉、骨骼、四肢，乃至從互動時留意貓的反應，瞭解貓的情緒、神采等等。日日如此，貓很樂意且期待著與人的這種親密接觸；但最重要的是，我家貓此後便不必再遭受洗澡之壓力，飼主也免除了面對貓掙扎的不捨與辛苦。當然，這個前提是，足不出戶的室內貓才可能，且我家的貓都是短毛土貓，梳理與清潔都容易，若是「長毛貓」可就無法等同視之了。

儘管我有這一套人為的清理方式，但這並不會讓貓因而偷懶，減少做他自己的功課，「理毛、淨身」不僅是貓的本能，更是貓的「儀式」，在追究這種行為之前，需要先從貓的舌頭說起。

貓的舌頭表面有許多突起物，稱之為舌乳頭，當它舔舐人類的皮膚時，好像密集的一整排「倒刺」刷過去，有如觸碰廚房磨薑汁的小工具，頓時有微微的疼痛。這些「倒刺」是貓利用來剝取食物中依附在骨頭上的肉塊，喝水時，貓舌頭會捲成湯匙的模樣，也是利用倒刺的功能，讓液體完整不漏失，安全的入口。

舌頭如此靈活好用，主要因應捕獵時代的野貓生活，現代家貓都以人工飼料餵養，咬骨剔肉的機會不再，貓舌的功能雖逐漸遞減，但是，幾千年來，貓是所有家畜中，唯一沒有完全被人類所馴化的動物，貓的「淨身儀式」依然是貓文化中，讓人嘆為觀止的美學。

貓的淨身，全靠舌頭上那些粗糙的「倒刺」，一根根的倒刺，就樣梳齒，也就是貓擁有一把可柔軟可堅硬的魔幻梳子，當它理毛時，可深入皮膚，掃除脫落的皮屑竟、毛髮，順便帶走沾附在毛間的灰塵、髒物。

當我們看貓凡是用餐完畢，必定以雙腳蹲坐，前足用口水先沾濕，隨即進行洗臉的步驟：嘴巴四周、鼻子、臉頰、額頭、耳朵；接著換手從上而下：淨身，前胸、腹部、下體、尾巴，四肢、爪子、足墊。這一套清潔，少則二十分鐘，多則一小時。有時如廁之後，會簡略粗洗下體肛門，以去除臭味，但若睡前，必定仔細精確地每一方寸都到位。

嬰兒貓在出生三週約二十一天左右，就開始有自行理毛的行為，之前，必須由貓媽媽代理，這時的理毛是建立安全、信賴的親子關係，藉由母貓一陣陣有節奏的肌膚律動，不僅刺激了嬰兒貓的生長激素，也讓幼貓學習了生存伎倆。

所以年幼便失去母親的貓孤兒，學習能力必然遲緩，如此影響日後的健康所帶來的辛酸命運可想而知。

← 每天理毛整裝，是貓的儀式美學。（盧紀君／攝）
材質：瓷器／尺寸：長8×寬5×高8cm／產地：法國

貓的理毛淨身行為，具有多種不同的意涵，除了前述清潔本能、維持體溫之外，還有打發時間、慰藉寂寥，另外，也是一種情緒舒緩、身心放鬆、或轉移的機制，例如：遭遇挫折、恐懼、困擾的時候，都會有這種反應。有時候，貓在遊戲時忽然遭到干擾，也會進行這種理毛行為。

貓遭遇驚嚇、失意的時候，會不自覺地舔舐身體，這種情形稱為「轉移作用」。可見，貓與人一樣，有喜怒哀樂的情緒，當情緒受到波動，或者為了掩飾難為情，所表現出來的理毛行為，並非為了清潔，而是他企圖穩定與化解的儀式。

貓的淨身儀式，並沒有製造垃圾汙染地球，他運用舌頭把脫落的毛髮與髒物全吞進肚子，由胃腸處理，因此飼主若每天都幫忙梳毛、按摩，可以減少吞進肚子的毛量，降低貓的腸胃負擔；若貓有過度理毛，舔舐到嚴重的脫毛現象，通常是貓的情緒受到嚴重刺激，必須找出原因並解決，也可能是貓生病了，身體不舒適的反射動作，要儘快送醫診療，不可耽誤。

黑貓白貓

他歷經死神的多次試煉，跨越生死線，
選擇奮鬥回到人間可能只是要來成就我們的緣分；
這麼了不起的生命，管他是黑貓白貓呢。

在等公車時，忽然聽見喵喵聲，雖然聲響微弱渺茫，但對貓的特殊敏感牽引著我很快尋到方向，原來騎樓邊的花圃裡，有小貓被覆蓋在草叢中，若不是小貓全身白色，在昏暗路燈下，其實不容易被發現的。

小貓的身體只有我手掌半大，看來是剛剛出生的嬰兒，顯然有人刻意丟棄，要絕了他的生路；但幽微的求救聲，呼喚了我，而白的毛色，幸運地挽救了他自己。

我毫無念頭，只是難以掉頭離去，這奇妙的時刻，讓我們相遇。我把小貓帶回家，用奶瓶餵食，但小貓要的是媽媽的奶頭，他呼喚的喵聲轉為抗議的哀號，我束手無策，心疼又無奈，看他胎毛稀疏、體溫冰涼，尚未睜開眼睛的小臉蛋瞎子一般亂動，正在生死邊緣掙扎。

沒多久，小貓啞了、累了，這才躺在我懷裡，我知道他仍不甘願，一碰到奶瓶的奶嘴，便賭氣嚎叫兩聲，把吸出的奶水噴得一臉一身，但試過好幾次後，終究漸漸順服了，認命安分了，好像也在回應我的努力，小貓不再執著，我隨口叫出了：小乖乖，我給了他這個平凡的名字，雖然他的命運很驚奇。

擁有了名字的小乖乖，此後卻昏睡如死，久久不醒，接著連呼吸都止息了，我擔心他會失溫，將桌燈移近，讓熱源靠近他幼小身軀。也試圖搖醒他，但都沒有動靜，我以為沒有救了。

等到發現他蠕動身子，緩緩甦醒時，已經是三天三夜之後，七十二個小時滴水未進，小乖乖沒有死，他只是魂魄出竅，去神遊一番，他只是短期冬眠，養精蓄銳，現在，他已張開眼睛，看到了我，索求的不是食物，而是死命地蹭在我懷裡，彷彿急於要銜接那段消失的時間。

此後我準備小乖乖的睡鋪，底下鋪小電毯，上面照著熱燈泡，並買來毛茸茸的玩偶，以模擬有母貓可依偎的環境，讓他從安全感中建立起存活的堅強信心。

小乖乖就在完全人工的環境中度過了危機重重的嬰兒期，長大的身體，皮毛豐厚起來，很有雄貓英挺的氣質，大家都說「白貓」很稀有，必須是純色母貓才能生下白貓，且往往單傳。可是，我知道小乖乖並非純色白貓，雖然他的眼珠藍色，但他的額頭處，長大後浮水印般露出了淺淺的「M字虎斑」，尾巴末端也有虎斑紋。

獸醫說他可能是土耳其會游泳的梵貓。是嗎？這隻來自花圃裡的小乖乖，怎麼可能越洋而來的「外國種」？土耳其梵貓，英文名：Turkish

每一隻貓都是天使，無關毛色。（盧紀君／攝）↑
材質：木質／尺寸：長30×寬10×高14cm／產地：印尼

Van，原產土耳其，長型而結實體型，中長度長毛，被毛白而發亮，毛質如同絲綢般十分光滑。全身除頭耳部和尾部有乳黃色或淺褐色的斑紋外，沒有一根雜毛。

這些描述，小乖乖大致都符合，如此，更讓我想探究他的身世。我常問他：你究竟是來自何處？無論如何，小乖從天而降，是我的天使，他歷經死神的多次試煉，跨越生死線，選擇奮鬥回到人間可能只是要來成就我們的緣分；這麼了不起的生命，管他是黑貓白貓呢。

毛色是貓的基因表徵之一，對於愛貓族來說一點也不重要，你會跟哪一隻貓結緣，似乎命中註定，但在古代的資料中，貓的毛色很有一番有趣的研究呢。

在清代嘉慶年間出版的《貓乘》書中，說《相貓經》裡對於貓的毛色有三等級：純黃最佳，純白次之，純黑第三。毛色不純的情形，以「烏雲蓋雪」為上等，玳瑁斑紋為次等，雜色為下等。

純黃色稱為「金絲」，最好是母貓，純黑色稱為「鐵色」，最好是公貓。但黃色多為公貓，黑色多為母貓，因此廣東人說「金絲難為母，鐵色難為公。」

又說：凡是純色貓，無論是黃白黑色，皆稱為四時好。

姚百徵說，伯山在外國船上買到一隻潔白如雪的貓，毛長約一吋，廣東人稱為「孝貓」，認為養這種貓會帶來不祥的命運。沒多久伯山升官為「同知」及「知府」，這隻貓都在，並沒有發生所謂的不祥命運。

「孝貓」名詞其實頗為新穎可愛。

純白之貓，溫州人稱為「雪貓」。

金絲加褐色的貓特別優良，在褐黃黑三色間，如果褐色帶有金絲者，稱為金絲褐，這種貓最為「威豪」，是很罕見的品種。

至於不純色中，有一種三色貓，兼有黃白黑，又名「玳瑁斑」。稱為「烏雲蓋雪」的貓，必定是身體背部為黑色，腹部、腿部、爪子都是白色。

四肢連著腳掌為白色者，則稱為「踏雪尋梅」，若身體為純黃色毛，而腳掌為白色，亦相同稱呼。

而全身純白，只有尾巴黑色，稱為「雪裡拖槍」，這種貓被視為最吉利，俗話說：「黑尾之貓通身白，人家蓄之產豪傑。」意味著家裡養此貓，必定出豪傑。

黑貓的尾巴尖端有一點白毛，稱為「垂珠」。

全身純白，只有尾巴全黑，額頭又有一團黑點，稱為「掛印拖槍」或「印星貓」，俗話說：「白額過腰通到尾，正中一點是圓星。」這種貓正是富貴象徵。道光年間，鉅鹿縣令黃虎巖有一對印星貓，凡看到該貓的人都會感到很愉悅，只是這貓本不善於捕捉老鼠，但只要擁有這種貓，官署裡的老鼠自然地消失無蹤，公務上也順利進行，因此印星貓被視為帶來富貴的驗證。

全身通黑，只有尾巴白色，也很稀有，這種貓稱為「銀槍拖鐵瓶」，清異錄上有記載，唐代的瓊花公主養了兩隻貓，雌雄各一，白貓名為「銜蟬奴」，而全身烏黑唯有尾巴為白色的貓，公主叫他「崑崙妲己」。

以上這些《相貓經》裡的題材，以毛色斷定貓的優劣，這是知識混沌的時代，從人類的文化、美學中去推論的，不僅不科學，且是無稽之談，在大自然裡，凡生命者都是造物者的神聖之物，本無高低、貴賤的分別心；在愛貓族的心目中，每一隻貓都是最好最美最可愛最有價值的伴侶。

••虛無之幻

我家的貓，體型與花色互異，每一隻的來處都很神祕，使我相信「生命的緣分，是前世今生的結局」。更迷信「貓選主人，而非主人選貓」。

南面的大窗下，特地設計了一個三尺寬的床榻，專屬給貓咪做日光浴。遇到夏天，沒多久，有花色的貓便紛紛躲到窗簾背後，唯獨小乖還沉睡在直射的烈日下。小乖全身白色，一點不吸熱，其他貓都需要遮陽，尤其是墨綠色雲豹花紋的端午，室溫超過攝氏三十度他就燥熱不安，也只有他最愛與我一起待在冷氣房。但到了冬天，怕冷的小乖，成天都賴在電毯睡鋪。

原來，貓不只長毛、短毛的區別，其花色深淺，也牽涉到他們對冷熱溫差的不同感受。我家的貓，體型與花色互異，每一隻的來處都很神祕，使我相信「生命的緣分，是前世今生的結局」。更迷信「貓選主人，而非主人選貓」。

古代的西方研究，認為智商最高的是「黑貓」，黑貓本身具備超強的「妖變」，會使出各種令人無法招架的魔法。但我家的一隻白貓，九怪又鬼精靈，且能通人語，據資料卻說白貓大都是「白子」基因，耳聾又色盲，生理上有缺陷的多；這些言論只能當作茶餘飯後，貓的不可思議，至今還是人類無法參透的生物。

貓，不管體型是纖細或渾圓，怎麼看，都是完美無缺的至極美麗，他們這種魅力主要來自身上「皮毛」顏色，看來五花八門的皮毛，其實只是五種類型，全部都是根據遺傳因子的作用來決定；包括「單一色、虎斑、重點色、相間色、毛端色」。

而真正奠定貓之毛色、花斑，則受到特徵容易顯現於外表的優性遺傳基因，與不容易外顯的劣性遺傳基因所影響，如同彩墨的調和與水氣的暈染，每隻貓的誕生，都彷彿是藝術家筆下獨一無二的創作。

沒有任何花紋或雜色的貓稱為「單一色」，「單一色」的顏色基本上都有黑色與紅色兩種色素的混和，只有白色是「單一色」中最為特殊。因此，白貓數量相對稀少，大都是「單胎」所致。一般人對於白貓的印象，都呈現「無理由」的偏好，我家的一隻白貓，果然成為眾人的圈選，而他則「選」了我。

我家這隻白貓，當初是在騎樓的花盆裡揀拾的。

天色已黯的下班時間，我正在等候公車，突然聽聞幾聲微弱的喵叫，我尋聲找到在花盆裡蠕動的貓，老鼠般大小，正在試圖找生路，我撫摸他冰冷的身體，擔心他即將失溫而亡。當下並沒有任何遲疑，馬上抱起他貼在胸口。

← 純白一片虛無，顯出貓的無為本性。（盧紀君／攝）

此時，這大約才手掌大的小東西，卻發出大過周遭車水馬龍喧囂的吶喊，好像通了電的燈泡，瞬間活起來的他，不僅死命啼嚎，還拚命掙扎，但我明白他並非要逃離我的懷抱，他只是要確認我們之間的心跳頻率，他走在前世今生的路途，他在牙牙學語，他想訴說委屈，想與人交談，他正在呼喚那個魂魄中的印記與掛念。

這隻小白貓，來到我家，在保溫的睡鋪裡昏睡了好幾天，醒來時眼睛依舊還沒張開，可見他被丟棄時，還是剛剛出生的嬰兒。他呼吸很微弱，幾乎讓我疑為要斷了氣。他不動如山，靜靜地捲成一團，白色的皮毛在燈下閃著一種溫柔動人的光芒，不知為何，我忽然便不擔心了，這白色使我相信他選擇堅強地活下來，他只是要先回到過往，去修補曾經斷裂的「時空」。

白色皮毛，藍色眼珠，粉紅肉墊，這是我家小乖的模樣，他今年十五歲，內斂而顯沉默，但卻熱愛以眼神與動作與我對談，我說的每一句話他都懂得，並且認真地回應，我們經常玩的遊戲，就是我為他朗讀貓書，在講述貓的床邊故事時，這小乖從不打瞌睡，眼睛炯炯有神地凝視著我。

市面上的純白逸品也如同白貓一樣，相對地稀有，純白就等於一片「虛無」，在工藝上很難發揮吧，倒是西方繪畫藝術的表現處處可見，以我手邊的畫冊資料為例，大畫家在畫布上的白貓就有：

◆庫爾貝（Gustave Courbet，一八一九至一八七七）〈女人與貓〉一八六四年／油彩

◆高更（Paul Gauguin，一八四八至一九〇三）〈艾哈爾·奧希巴〉一八九六年／油彩

◆瓦拉東（Suzanne Valadon，一八六七至一九三八）〈三隻貓〉一九一七年／油彩

◆波納爾（Pierre Bonnard，一八六七至一九四七）〈小孩與貓〉約

一九〇六年／油彩

◆伍德（Grant Wood，一八九一至一九四二）〈貓和老鼠〉、〈山坡上的農場〉／插畫

◆洛克威爾（Norman Rockwell，一八九四至一九七八）〈新搬來的鄰居小孩〉一九六七年／油彩

◆巴爾杜斯（Balthus，一九〇八至二〇〇一）〈做夢的特雷茲〉一九三八年／油彩；〈客廳〉一九四二年／油彩

◆林德涅（Richard Lindner，一九〇一至一九七八）〈向一隻貓致敬〉一九五〇至一九五二年／鉛筆

◆安迪沃爾（Andy Warhol，一九二八至一九八七）〈貓戴花及羽毛〉約一九五四年、〈二十五隻名叫山姆的貓和一隻藍貓〉／插畫鉛筆、水墨、紙

魔衣櫥・

貓無論身在何處，都各自藏著一些不為人知的祕密；
在多貓家庭裡，貓與貓之間是否會情同手足，
不分彼此的互助互愛呢？

貓的唯我獨尊、不易被擺布的個性，使他們散發了令人著迷的冷酷氣息。越是對你不理不睬，人類莫不更加地想親近示好，但是，貓並非生來如此，幼年的小貓，卻是非常地黏人，在他們睜開眼睛那一刻開始，就在尋求認同與被認同的對象，這時候，他對周遭進入嗅覺器官的「氣味」，就有能力辨識友善與敵意。並且在小小腦袋裡，做出印記。

我家小乖，是一隻棄嬰貓，他最初的認同當然是我，可是我天天早出晚歸外去上班，以為家中的另外三隻「大老」可以扮演媽媽角色，替我照顧與安頓。可是沒想到，這三隻「大老」，視蠕動如老鼠的小貓為怪物，只會環伺一旁，虎視眈眈、不懷好意地緊盯他的動靜，完全沒有善意地招呼表示。

當時我並不知道小乖蒙受了如此嚴酷的挑戰，他被人的社會遺棄在先，又遭逢難以立足的貓社會；說要怪那三隻大老貓，也欠公平，因為他們三個也是幼年流浪到我家才「認同」了人的社會，並彼此建立了和平的貓社會。忽然，出現的小小怪物，占有了他們的「我」，原有平衡的關係似乎即將崩潰。

直到有一天，我回家後不見小乖身影，怎麼找都沒有著落。三個大老裝作沒事人的模樣，但是我直覺家中有異樣的氛圍，卻又問不出所以然。

到了午夜，我發現貓們都不上床，卻都捲臥在窗台上，窗台正好面對

「穿衣間」的門口，我忽然受到啟發似地，驚覺這便是個「答案」。

穿衣服間裡，除了擺放一個收納四季衣服的大衣櫥外，兩旁還設有可堆疊小箱、物品、棉被的陳架，這個空間因為比較隱密，是貓們喜歡的所在，所以我都不關上拉門，還擺了幾個貓睡鋪，放任貓們自由進出。我努力地翻箱倒櫃，檢查所有可藏匿的角落，卻依然沒有蹤影。

如此，每一天我都花很多時間，一邊收拾穿衣間裡的東西，一邊呼喚著小乖，三天後，在我絕望之時，幾聲微弱的「喵喵」聲竟從衣櫥裡傳出，可是，衣櫥始終是關著門的，我猜不透貓要如何躲進去？

打開衣櫥門，並沒有見到小乖身影，但他的叫聲持續著，忽遠忽近，有時中斷了、有時綿延著。古老諺語說：貓會找主人。我需要擔心嗎？

貓的腦子有一張地圖，他的心中裝有一個羅盤，他的眼睛有探照燈，他的鼻子有「你」的氣味。貓靠著這樣的裝備，只要他想找你必然能夠如願吧，我默默的想著，忽然就不再驚恐與緊張了。

三個大老聞到喵聲，彷彿他們要「洗心革面」、「盡釋前嫌」，憂心地陪我守在衣櫥前。

《納尼亞傳奇》系列，其中有一則〈魔衣櫥〉，打開櫥門，裡面掛滿了毛裘長大衣，還有手套、耳套、圍巾、呢帽等禦寒之物。可是，越過這些衣物，再往裡探，竟然是通往一片雪白森林的冰封世界：納尼亞王國。四個從倫敦來到鄉間教授家躲避戰爭的孩子，他們好奇地打開衣櫥，竟一腳踏入「信仰之路」的追尋，完成了他們挽救王國的任務。

魔衣櫥僅是時光隧道，衣櫥本身其實就是一個身心轉換的「意象」載體，一個可以「脫胎換骨」的場域吧；我把衣服一件一件拿出來，希望在清空的衣櫥裡，找到我的「謎底」。

最後，小乖是從衣櫥最頂方的隔層上，探出頭來與我和三個大老打了照面。我懷疑，是他聞嗅到了可信賴的「人味」後，得知「安全」才願意現身。或者，他去了什麼地方，探險、嬉遊、甚至流連忘返，樂不思蜀。

↑ 我家有一個魔衣櫥，那是由小乖領軍進入桃花源的入口。（盧紀君／攝）
材質：布質／尺寸：長30×寬32cm／產地：日本

自此，小乖領著三個大老，穿梭在他的「魔衣櫥」。

我相信，貓無論身在何處，都各自藏著一些不為人知的祕密；在多貓家庭裡，貓與貓之間是否會情同手足，不分彼此地互助互愛呢？小乖雖然個性乖僻，他卻願意公開魔衣櫥的祕境，且陪著三大老進出，顯然貓的社會也有共享的時候。

當貓們鑽進衣櫥，很快被塞滿的衣物淹沒了蹤影，我怎麼呼喚都徒勞，我只能想像，他們尋著祕道，遁入了貓的桃花源，這時，我也不再催促，就讓他們盡情地去探索、玩耍吧。

小乖忽然地長大，忽然地強壯，一人四貓的組成，我們共同學習融合「人的社會、貓的社會」。

（小乖，張良綱／攝）

文學+藝術

貳

從小，自覺與貓相依為命，因此，立志長大之後，要與貓分享生命的一切，我這樣的許諾，便開始註定了和貓一輩子的盟訂。

餵貓、抱貓、和貓說話、看貓長大、陪貓玩耍……之外，我收集貓的資訊、貓的各種玩具、藝術品、繪畫、雜誌、圖書。凡是和貓相關的事物，都引發我的興趣和熱情，其中，貓的圖書，是所有蒐集物中，使我獲益最大的藏品。

在六〇年代，台灣書市非常貧薄，有關貓的圖書，只是關於飼養方面的實用手冊，大都是翻譯自國外的書籍，印刷簡陋，資料零散老舊。七〇至八〇年代，隨著經濟發展，國民所得提高，書市開始進口精美的圖書舶來品，讀者才有機會目睹貓書之魅力，尤其是彩色圖書與繪本，簡直打破了國情和年齡界限，無論大人、小孩，都被吸引愛不釋手。

我收藏貓書，並沒有什麼計畫，起先只是隨緣而購，看到一本快快買回家閱讀，非常飢渴式的。因為愛貓，很想多瞭解他們，書成為我唯一的老師。而我的朋友們，每年都會送我貓書當生日禮物，這些大致是貓的攝影集，純欣賞性的，增添了我藏書的另一個系列。

永漢書店、新學友書店開幕後，我成為他們進口貓書的顧客，有時候，我也主動提供書訊，向他們訂貨。這類貓書，是菊八或更大開本的彩色圖書，內容不外是介紹貓的歷史生態、品種、養育、護理等，由於圖片精美，製作精緻，儘管內容大同小異，仍然受到愛貓族的喜歡。

有一年，新學友主辦日文圖書展，展覽中還接受訂閱各種雜誌，我頭一遭知道，日本的寵物雜誌那麼風行，而且走專業路線，光是「貓」的雜誌就十多種。我訂了一年《貓的手帖》月刊，雖看不懂日文，但領略了日本人愛貓的傳統，也埋下了貓書寫作，和成立愛貓組織計畫的種子。

次年，到日本旅行，我在紀伊國書店看到「麥克貓」的漫畫和滿街以貓為造型的兒童產品專賣店，彷彿他鄉遇知音般地快樂滿足。也就是那一年，在兒子的引薦下，瘋狂地愛上了宮崎駿的卡通，蒐集了宮崎駿以貓為主角所繪製的卡通畫稿、漫畫或卡通的貓書，豐富了我的收藏系列。

接著，我在九〇年代到歐洲旅行採訪，在英國倫敦最大的一家書店裡，

↑ 貓是創作的種子，豐富了作家的心靈。（林國彰／攝）

整整徘徊了一週，站在寵物書櫃前流連不去。在這占地約五十坪的寵物書櫃，可以看到全世界的寵物書，單是貓的圖書就占了兩個書櫃。其中英文、法文、德文、荷蘭文、日文都有，獨獨沒有中文本。除了知識性的圖書外，更有許多是插畫作家以貓為主角的繪畫，這一類圖畫書，文字很少，全是透過畫面感動人心。畫貓的生活，貓的哲學、貓的家族，甚至以貓角色仿世界名畫（如梵谷自畫像、拾穗等等）的繪本，更令人嘆為觀止。

在歐洲所見，沒有一隻貓是怕人的，自在地過街，悠閒地曬太陽，甚至書店的貓就睡在書上，難怪歐洲人會將貓的美學發揚得如此光大、極致。

無法把所有繪本都搬回家，心中難免遺憾，但也因此觸動了我想畫貓的念頭。為貓作畫並非初念，只是一直覺得筆力不行，無法表達，自從看到世界上那麼多偉大插畫家的創作後，反而使我頗受鼓勵，他們拓展了人們的視界和欣賞水準，而我——一個愛貓人，其實隨興表達才是我的角色所需呢。

當下，我又在倫敦多住了幾天，再到其他書店瀏覽，並在大英博物館的「木乃伊」館，以「貓木乃伊」櫃為焦點，採訪了該館負責人和解說員，又購買了館方所出版的所有「貓」卡片與「貓」書。

幾乎所有貓百科類型圖書中，一定會述及五千年前貓升為神格的故事，大英博物館所出版的這本《貓》，算是經典的專冊，圖片全是館藏所有。

歐洲之行大半年，最重的行李就是貓的圖書，這些書使我放棄其他的購物機會，返回台北後，每每取出閱讀，仍舊甘之如飴。

一九九〇年，誠品書店在年終舉辦書展，大量進口了我在英國所看到的各式彩色精美的貓圖書，其中英國DK出版公司所編輯的系列風格之作，更授權台灣出版中文版，使我能從中文閱讀中加快知識、美感的汲取。

以「貓」為主題的出版品，日本不遑多讓，與歐美相比，有過之而無不及，不僅有科學的、人文的、更多的是針對古籍與史料的整理與出版，如浮世繪的繪畫中，關於貓畫家的論文之多，令人瞠目結舌。

無論哪一種貓書，都令人賞心悅目，對一個愛貓族來說，真真能狂愛到心坎。「貓」這樣一個生物，若非本身實在具備太多的特性，如何能被專家、學者、藝術家極盡貼心的專注，並發揮到如此地步。

大致上，我所收藏的貓書，非文學類有：雜誌、漫畫、故事繪本、實用百科以及世界名畫、卡片、日曆月曆等系列，文學類，有：寓言、童話、小說、詩歌等。還有一種「貓年鑑」，這是美國有百年歷史的愛貓協會所出版的巨著，由厚達九百頁的年鑑中，可以窺知國外有關貓文化的發展情況，如品種、選美、食品、醫務等等。

貓，是如此多采多姿的生命，而貓書更使我對貓的知識領域越加沉迷，探求其神祕的心意更加強烈，於是，在一九九二年，我發行並主編《MAO》季刊雜誌，以「貓的美學」為研究、發揚目標，並提倡「愛生哲學」為主旨，點燃起當時動物權還處於黑暗期的議題火花。這些具體行動在十年後網際網路興起，我得以欣然交棒了。

貓的一切永遠分享不完，我的貓圖書館至今藏書約有千本之多，每次搬家，這些沉重行李，是我無法放棄的珍寶，想想能夠擁有來自世界各地的作家、畫家、醫師、科學家為貓所創作的圖書，是何其富有與奢侈的享受，而我也實現了童年夢想：做一個貓作家，並完成她的愛貓使命。

黑貓的推理：

貓有貓天賦的使命，我家這黑貓只是多了「體貼」之心，
總是神不知鬼不覺出任務，瞞騙了家人，
假裝他被豢養的滿足。

講到「黑貓」，讀者一定立刻想起偵探小說的開山鼻祖、美國作家愛倫坡（一八〇九至一九四九年）的驚悚小說《黑貓》。

這篇在一八四三年發表的作品，故事描述一個神經質的男子，平日貪杯酗酒，脾氣逐漸變得暴躁，最後竟將妻子與愛貓殺了，將他們的屍體嵌入地下室的牆壁中，以為沒有人會找到，不料卻不斷有貓叫聲從牆壁中傳出，最後引來警察破牆找到犯罪證據，殺人殺貓的這個男子最終被送上斷

頭台。

自古以來，西方社會傳說黑貓是巫的化身、魔的偽裝；這隻名叫「普洛托」的貓，即使被封閉在牆壁裡面，竟然死而復生，以喵叫聲復仇。愛倫坡強調：「因為不能做所以才想做的念頭，正是人類原始的衝動之一，是大家共通的病態心理。」

在這個故事中，黑貓象徵良心的苛責，在十九世紀，社會普遍純真樸實，這種兇殺案到底只是文學家的想像力罷了，但作者以現實的手法，井然有序、鉅細靡遺地敘述犯案過程，使讀者產生擬真的臨場感，不禁毛骨悚然，這種非理性力量驅使的犯罪意識，將人們的恐懼點燃到最高點。因此，黑貓的乖張、異端之印象，也留在讀者心目中，難以洗去。

我家目前有兩隻黑貓，算是占歷來所養貓隻的少數，回想年少在故鄉的時候，黑貓可是我的驕傲呢。這故事要從頭說起……

我幾乎可以斷定，鎮上的黑貓，都是來自我家黑公貓所繁衍的子孫。

可是，我家的黑貓從小都是不出大門的，我曾經匪夷所思，但是當我在街巷鄰里作了周密的田野調查後，我得到的結論是：生物的使命自有完成的必然出口。就是福爾摩斯，也無法解謎。

在古早貧窮的年代，養貓不為寵愛，而是為不得已的捕鼠除疫。

鎮上人家的貓隻來源，不外是迷途、流浪的棄貓，或是鄰居母貓的孩子。近親繁殖的貓，看來看去不是條紋粗細不一、顏色多元的虎斑，就是三色，或是看起來最不起眼的「草貓」；沒有發現有黑白分明的「單一色」貓。

於是，便有「單一色」貓比較名貴的說法。由於遺傳因子的關係，單一色貓的數量必定少於混雜多元花色的貓。物以稀為貴，這樣的推理也算沒錯。

有一天，我家來了「貴客」，是城裡的友人來訪，把貓當作「禮物」相贈。這隻貓被綁在水桶裡，上面蓋了布巾，隨著友人輾轉搭了火車、客運車，千里迢迢的來到了小鎮。

他是一隻「黑貓」，從水桶裡跳出來的時候，我只注意到兩隻炯炯亮閃的綠色眼睛，黑色的身體像完成的「剪影」藝術，看起來很「假」，不是真貓。

在大家的驚叫與讚嘆聲中，這黑貓一點都不怕生，氣定神閒地給輪流抱著玩。

「果然是好貓。」當年，好貓是指「會抓老鼠」的貓，而我們的定義卻是他「溫馴」、「貼心」的非凡表現。

為了擔心這好貓外出走失，或誤食了毒鼠劑，我們沒讓他自由進出，把門窗緊閉，久而久之，黑貓也調適了，對於戶外的大千世界，好像一點不在意。我們認為所給予的愛與食物，足以使他不必狩獵而能安居逸樂。

可是半年後，忽然有鄰居上門說，她們家的母貓生了單胎黑貓；在鎮上的經驗，單胎生產的紀錄，幾乎沒有過，全黑的單一色也令人意外。鄰居認為是我家黑貓播的種，特地表示欣喜與道賀之意。

從此，我們不再篤定地說：「我家黑貓根本不出門，他也不會捉老鼠。」

他畢竟是一隻貓，貓有貓天賦的使命，我家這黑貓只是多了「體貼」之心，總是神不知鬼不覺地出任務，瞞騙了家人，假裝他被豢養的滿足。

多年後，我看到一本繪本，原書名是：《住在哲學街上的貓》，作者是英格．莫爾（Inga Moor）。授權台灣出版時，書名直接取其故事為題《每天吃六頓晚餐的貓》。

內容描述名叫席德的貓，除了本家之外，他在外頭還有五個主人，每天輪流出席在這六個家，吃了六頓的晚餐。每一個主人都相信這隻貓只屬於他們自己，不但給他取名，且都準備了睡窩，總是盼望他在家多待一些時間。這樣的生活對席德來說簡直太完美了，直到有一天……

這時，我雖然已經離開故鄉很久，但我總是聯想起我家那黑貓，是不

↑ 黑貓有不可思議的神祕之美。（盧紀君／攝）
材質：橡膠／尺寸：長15×寬10×高14cm／產地：美國

是也曾出入其他人家，為了求偶傳宗接代，他是受歡迎的貓吧，不然怎麼可能留下了種，讓母貓懷孕呢。

他是不是要扮演不同角色，需要適應各家食物的風味？為博取寵愛，他得學會逢迎與冒險……他這樣算聰明還是狡猾？是辛苦還是快樂？

儘管科學家告訴我們，貓的皮毛顏色是由遺傳因子決定的，所以有時候也會出現小貓和貓父母完全不同的情況。這令人詫異與不解的困惑原因是這樣的：貓的顏色類型基本上有五種：

單一色：沒有任何斑紋或雜色，全身毛色統一、均勻。

虎斑：所有的貓都具有斑紋的形質，只是肉眼看不見而已。形成斑紋的遺傳因子有加速或緩和色素沉澱毛管的作用，速度快的時候顏色變深，速度慢則變淺，因此一根毛往往產生好幾個色帶，這色帶於是形成各種不同的斑紋。

重點色：重點色出現在體溫較低處。

相間色：以三色為代表的多彩花樣。

毛端色：只有毛尾出現淡淡的顏色。

與貓顏色有關的遺傳因子大約可分為二十種，其中有顯性與隱性，有優性與劣性。例如：黑貓與藍貓交配的結果，所生的都是黑貓，因為黑色遺傳因子比起藍色遺傳因子是屬於「優性」。但是，即使外觀是黑色，仍然具有藍色遺傳因子，所以有時會生出藍色貓。

這麼說來，鎮上新生的小黑貓，其實也未必是我家的種呢。這個故事與愛倫坡的《黑貓》一樣，需要再推理。我只能說，顏色有其流行的宿命，當時的風尚就是「黑」吧。

忽隱忽現的笑貓是一名智者。（盧紀君／攝）→

材質：金屬／尺寸：長6×寬4.5×高6cm／產地：英國

露齒而笑的赤夏貓

他的形體能分段現形，如先有耳朵，再慢慢出現眼睛……
也可逐一化為無形，如先消失尾巴、身體、臉，
獨留露齒的笑容浮在空中。

如見首不見尾的神龍，有隻貓也有這種特異功能，他就是經典兒童文學《愛麗絲夢遊仙境》裡的「赤夏貓」。一隻永遠露齒而笑的神祕怪貓。

赤夏貓與愛麗絲在森林相遇的插畫，千千萬萬的讀者沒有人會忘記，經由這張插畫家的描繪，大家對「赤夏貓」的模樣，有了深刻的認識，後世許多的工藝家，雖然製作各種各樣的「赤夏貓」產品，但都難以超越原始插畫的形象，「赤夏貓」幾乎被「定型」了。

我所收藏的兩件「赤夏貓」，一件一九九八年出品的塑膠材質，在一個透明盒子內，重現百年前那張插畫的立體翻版，是香港讀者所贈，一件是購自英國倫敦書店的彩繪金屬製品，大小只有一．五公分，雖然非常精緻，但這麼小，放在櫥窗裡，很不起眼，除非有心，否則很容易擦肩錯過，它也是取自插畫裂嘴而笑的貓臉。

倒是旅居紐約的作家朱衣所翻譯的《愛麗絲夢遊仙境》（二〇〇一年，愛麗絲書房出版）中，出現了台灣插畫家「山人形」以嶄新風格為全書十五個角色繪製的插圖，令人眼睛一亮。其中的「赤夏貓」是穿長披風、戴禮帽、手持拐杖的英國紳士，人形貓臉確實顛覆了我們習以為常的模樣。

神祕而炎熱的夏天，英國女孩愛麗絲坐在樹下陪著姐姐看書，忽然她看到一隻穿著背心的白兔，匆匆跑過她身旁，著急地從口袋掏出懷錶看時間，還自言自語說著話。愛麗絲於是追趕著白兔，想看他到底要幹什麼，而跌入一個魔幻世界裡；這就是英國作家路易斯．卡羅的童話名著《愛麗絲夢遊仙境》故事之源起。

這本書自一八六五年出版以來，深受各個年齡層的讀者所喜愛，作者接著出版續作《愛麗絲鏡中奇遇》，同樣成為世界經典文學。除了翻譯成各國文字之外，每幾年就有電影、戲劇的改編、重拍，愛麗絲迷更會為此書作考證、註解或創造新的著作。

儘管早有學界對該書荒謬又不合邏輯的內容評論為「荒唐文學」，但始終，一百多年來它聲名不墜，依然是最具影響力的童書之一。

在書中如夢如幻的世界裡，愛麗絲遇到許多稀奇古怪的動物，其中最懂得安慰她的卻是一隻「笑臉貓」（Cheshire cat），這名字來自作者的家鄉——柴郡，也有翻譯為赤郡，中文版書中，有以「柴郡貓」為名，也有以「赤夏貓」為名。

這笑臉貓說起話簡短扼要，從不囉嗦，且句句如「開示」大師一樣地智慧。

最經典的對話就是在第六章〈豬寶寶和胡椒〉。

笑臉貓出場時，坐在公爵夫人家的壁爐前，廚子正在煮一鍋放了很多胡椒的湯，大家都忍不住打噴嚏，只有貓無動於衷，愛麗絲看到貓露齒而笑，嘴角都裂到耳朵旁，便問公爵夫人貓在笑什麼，公爵夫人說：「因為那是一隻赤郡貓。」

接著，愛麗絲在森林裡迷失方向，忽然看到了笑臉貓，他現在趴掛樹梢上。

她問笑臉貓：「你可以告訴我，我該走哪條路嗎？」

「這得看你想往哪裡去？」貓回答。

「我並不太確定該往哪裡去……」愛麗絲話還沒說完。

笑臉貓說：「那麼，你選哪一條路都是一樣的。」

「……只要我能走到什麼地方去。」愛麗絲把前句話說完。

笑臉貓回答：「那當然囉，只要你一直走，總會走到什麼地方的。」

笑臉貓不僅有智慧，還擁有特異功能，他是一隻可隨時現身或瞬間消失的短毛貓，他的形體能分段現形，如先有耳朵，再慢慢出現眼睛……也可逐一化為無形，如先消失尾巴、身體、臉，獨留露齒的笑容浮在空中。

愛麗絲照著貓指引的方向，前往白兔先生與瘋帽子家。在第七章裡，愛麗絲又在女王的槌球賽場遇見笑臉貓，愛砍人頭的女王雖然無禮霸氣，但對聰明的笑臉貓也是無計可施。

故事內容有很多「人與貓」精采的對話，這些都是讓讀者對赤夏貓印象深刻，使他成為該書最迷人角色的原因吧。

只是露齒而笑、冷眼旁觀的貓，在書中被塑造成一個獨立自主、冷靜、不感情用事的智者象徵，根據後人的考證，路易斯．卡羅在書中所描寫的一草一木都是英國牛津城中的景致，唯獨笑臉貓卻是來自他的故鄉之名：赤郡。為什麼赤夏貓會笑，有很多的傳說，英文形容一個愛笑的人會說：「笑得像隻赤夏貓。」到底是赤夏貓愛笑，而給了作者這樣的靈感，還是因為他寫了這隻不朽的笑貓，才成為英國俗語不得而知。

另一種傳說則是赤郡的一個畫師，他最常畫的招牌就是一隻愛笑的獅子，這獅子後來成為當地的標誌，作家可能因此得到靈感，創造了赤郡貓。

一九九八年，研究《愛麗絲夢遊仙境》的作者葛登那，出版一本《愛麗絲筆記》，裡面提到赤郡人喜歡用笑貓的形狀製作起司，這也許就是赤貓會笑的由來。

↑ 露齒而笑的貓指引愛麗絲迷途。（盧紀君／攝）

材質：塑膠
尺寸：（前）長13×寬6×高9cm
（後）長10×寬10×高18cm

還有一個說法是：愛麗絲家族的徽章中有三隻會笑的動物，雖然不清楚是哪三種動物，但或許這也是作家設定角色的啟蒙。

無論真相如何，現在的牛津城基督書院的大餐廳中，就有一扇「愛麗絲之窗」，窗子上鑲嵌有愛麗絲家族徽章、路易斯．卡羅的圖像，還有愛笑的赤夏貓呢。

牛津是英國最高學府，一隻虛構的赤夏貓卻能笑傲其間，受到萬世景仰，可見英國人對於作家把赤夏貓安排為智慧化身的這種文化，無不推崇與認同。

赤夏貓的身影，百年來從未寂寞，很多創作者以他的形貌延伸，其中最鮮明的無非是宮崎駿一九八八年的《龍貓》動畫影片，龍貓說話時，嘴吧也是裂開到耳朵，露出牙齒一臉笑容；龍貓巴士則簡直就是「赤夏貓」的翻版，這個創意是否受「赤夏貓」的影響，不得而知，但是大家都愛死了「龍貓巴士」，從文具到玩具應有盡有，是愛貓族必買的熱門逸品。

條紋貓

斑紋有寬有密，但都是以條紋為主的幻化與延伸，有的像捲雲、有的則像穿老媽媽編織的緊身毛線衣……

一九九八年，正值虎年，我受邀在三越百貨公司展出「虎年看貓」的大型活動，在策展企劃會議上，我提出一個「條紋貓」展出的特別區域，會中人士並不贊同，認為展場空間寸土寸金，再難騰出獨立區域。我堅持這主意才是這次展出的最大亮點。「條紋貓」的意涵當然指的是「老虎」形象的延伸，虎年看貓，就是要看「虎斑貓」。展出單位問我到底有多少件可以「獨立」規劃，我說大約「三百件」。這個數字說出來後，大家不再有意見了，都急著要目睹「條紋貓」究竟是什麼風景。

我的收藏品中，可以編排出「主題」的可不少，但這並非刻意蒐集，往往是無心的收穫。「條紋貓」最普遍的是來自峇里島的木刻彩繪貓，由於印尼多原始森林，木材應用廣泛，作為當地紀念物非常地適合，於是素人雕刻木偶成了峇里島上最大宗的觀光財。至於為什麼多以「貓」造型？沒有人知道，我想這與印尼知名的「麝香貓咖啡」有關，或許這個國度在古老時代，野貓很多，隨便灑的貓尿就讓咖啡樹結出特殊香味的咖啡豆。貓於是成了鄉人普遍的文化印象，再加上貓的形姿體態都富於可愛的表現，最受一般人喜愛。

早年我旅行至此地，確實為其木刻貓著迷，有的店家師傅不必看稿，現場即興雕刻、隨手彩繪，像魔術師一樣，每個木偶都獨一無二，風格又變化多端，讓遊客看得目瞪口呆，驚嘆連連；那種氛圍非常地閒散美好，是我享受該島悠閒資源的大滿足，但後來，因應大量的觀光團，木刻貓不再出自素人的手工了，也或許是那批老一輩的師傅逐漸凋零，沒有傳承的功夫，只好以機器量產為主，木偶因此顯得匠氣與粗糙，已經失去收藏的價值了。

精良的收藏品可遇不可求，往往更需要「運氣」與「時機」，還好我沒有錯過，當時在島上有用心的尋訪老師傅，後來走訪世界各地，又遇見不少「條紋貓」的精品，如此，才給我「條紋貓」主題的發想。

↑ 緊密的條紋如同合身毛衣。（盧紀君／攝）
材質：木質／尺寸：長13×寬8×高20cm／產地：德國

關於「條紋貓」，一定得先說說「條紋」這個文化象徵。在十三世紀，或更早之前，西方社會視穿著條紋衣服的人是「惡魔」，因為它是違反常規的源頭。在圖像學的資料中，條紋也被歸在「離經叛道」之列：不忠誠的騎士、篡位的臣子、通姦的女人、造反的兒子、背信變節的兄弟、殘忍的妻子、貪婪的僕人……全都配帶有條紋的徽章當作「惡」的標示，一如小說《紅字》中「A」象徵的「恥辱、醜聞」。

中世紀後，在世俗社會的習俗、宗教、律法和規範中，亦對穿著條紋服裝制定各種禁令。相反地，為強調差異性，針對某些角色卻被規定穿著條紋服飾，例如：妓女、小丑、戲子、劊子手、痲瘋病人、殘疾者、異教徒等。

條紋的惡之特質，一直要到一七六四年，一篇書寫斑馬的文章，以及一幅印製在書中的版畫〈斑馬〉，才終於平反了條紋的地位，甚至產生了新的態度，造就了條紋的浪漫風潮。

「在四蹄動物中，論體型要數斑馬最健美，論外表，斑馬的穿著最為優雅。他既有馬的挺拔與優美，也有鹿的輕盈與敏捷。斑馬身著一件黑白相間的衣衫，條紋的間距一致，規則井然有序，彷彿是大自然用尺及圓規為他量身訂製的。這黑白相間的線條更是獨一無二，不僅整齊勻稱，還彼此平行，相互的間距也那麼精確，猶如一塊漂亮的花格布料。

這些條紋不僅分布在斑馬的軀幹上，還延伸到頭部、大腿、小腿，甚至耳朵和尾巴。遠遠望去，斑馬的整個身體有如經過人工藝術的裝飾，以最優雅的方式纏繞著美麗的細帶，這些細帶沿著他身體的輪廓分布開展，隨著他身體各部位的胖瘦、圓潤而變寬或變窄，進而勾勒出斑馬完美勻稱的形體。

這些條紋在雌斑馬身上呈現黑白相間，在雄斑馬身上則為黑黃相間。雖然顏色單純，卻因為條紋而顯出了耀眼的豔麗光澤，尤其在他一身如織的細密短毛襯托下，這襲優雅的服裝隨時都閃閃發光。」

這是三百年前法國知名的博物學家兼散文大師布封（Buffon）在三十六冊巨著《自然史》中，針對動物篇所寫的「斑馬」，上面的摘文為作者對斑馬條紋的讚美段落。

十六、十七世紀的動物學家，認為斑馬這種「野驢」是危險與不純潔的動物，但布封看到的反而是一隻最和諧、完美的動物。布封是當時四大「啟蒙運動」之首，他說：「斑馬是四蹄動物中穿著最優雅的。」這句形容詞，立刻使條紋翻轉成自由與新理念的象徵，很快地也得到了意識型態的政治地位，條紋的風潮就這樣蔓延開來，到處都是洶湧澎湃的條紋，從服裝到室內裝潢、家具布料、生活用品。到了二十世紀，條紋的發展更廣闊也更細微，從海洋水手的條紋到海邊度假的條紋，從運動、休閒、藝術、時尚、遊戲、健康、愉悅，它已經全面占據了日常生活的主流系統，成為「符號學」研究者的熱門研究對象。

至於「條紋貓」，當然是「虎斑」的泛稱，所有的貓都具有虎斑的特質，這是生物學家的研究，形成斑紋的是一種叫作「Agouti」的遺傳因子，「Agouti」具有加速或緩和色素沉澱於毛管作用，速度快的毛管顏色會變深，反之，毛管顏色變淺，因此一根毛會產生好幾個色帶，而形成各種各樣的斑紋。斑紋有寬有密，但都是以條紋為主的幻化與延伸，有的像捲雲、有的則像穿老媽媽編織的緊身毛線衣。斑紋的顏色也非常繁複，光黃色系，就有金虎斑、橘虎斑、獅子虎斑、奶油虎斑、介草虎斑、鼠色虎斑、萌黃虎斑……

在我從事「台灣貓血緣調查」的十年田野紀錄中，有四分之一的家貓都是條紋虎斑，條紋貓的數量，一直是混血貓中的最大宗，可見其基因是外顯的強勢者，也見證了「貓是家中的老虎」這句話。

貓迷的粉絲話・・・

「面子」雖是虛榮，但也是愛惜羽毛的象徵，
鞋貓以長靴為傲，始終保持著自尊、自律、自重的心態，
不在意他人的嘲笑和誤解。

對於貓迷來說，《穿著長靴的貓》這篇童話故事的出現，具有劃時代的意義，因為貓終於從惡魔的化身轉變成幫助人們的小精靈。

這篇童話不但隨著《格林童話》風行世界各地，更被改編成舞台劇在歐洲地區上演，十九世紀光是英國就有六種不同的劇本上演，二十世紀初的德國柏林更以諷刺喜劇的手法重編，而批評家都認為這是「結婚儀式前夜無拘無束、開懷暢飲的作品」。意思就是「在挑上人生重擔之前的搞笑

美夢。」

從這個童話故事受歡迎的程度，可見貓終於擺脫悲慘的受虐時期，再度成為受人喜愛的居家動物。正如同劇中對話所說：「徘徊在人類周遭的四足動物——貓，我們經常忘記其過去光輝的歷史。以前貓是埃及的神，是主司豐饒之神的堂兄。如今貓成為看守著廚房、床、地下室或倉庫防鼠之得力幫手，請陛下准許賜貓為家中的守護神！」

童話中以一隻被人視為沒用的畜生——貓，卻擁有「足智多謀、膽大心細」的特質，在經過種種計謀的策劃之後，完美地幫助主人獲得榮華富貴。

二百多年之後，到了現代的二〇一一年，這隻穿長靴的貓，又重回人們眼前，以極致的聲光影像演出另一個奇幻故事。

鞋貓腳踏長靴、劍法一流，一向行俠仗義，深受萬民愛戴。但是他遇上一生中最大考驗：損友蛋頭、綿掌貓女，而展開一段恩怨情仇。在這冒險患難的劇情中，也融入了其他童話的角色，如：《傑克與豌豆》、《鵝媽媽的童謠》以及取材自、《鞋貓劍客》（*Le Maître Chat*）、《蛋頭》（*Humpty Dumpty*）、《傑克和潔兒這對鴛鴦大盜》（*Jack and Jill*）的片段情節。

↑貓很愛「面子」，面子是虛榮，更是自尊。（盧紀君／攝）
材質：瓷器／尺寸：直徑14cm／產地：台灣

在本片中，鞋貓穿的「長靴」已經顛覆過去童話中為了「捏造的侯爵之裝扮」，而是強調「面子」的隱喻，當貓救了侍衛隊長的母親，長靴被人們所敬重，當貓被誤會是銀行大盜時，又成了蒙羞之物，被眾人所蔑視、所唾棄。

「面子」雖是虛榮，但也是愛惜羽毛的象徵，鞋貓以長靴為傲，始終保持著自尊、自律、自重的心態，不在意他人的嘲笑和誤解，最後終於自我證明、找回尊嚴。

從童話到電影，作者或編劇都以貓的形象傳達了不朽的價值觀。可以說，這種接近神聖的精神，與我心目中的貓，是不謀而合的，我看貓，每一隻都是完美無缺的。我所收藏的貓逸品，每一件都是最好的，毫無價格的分野。

貓在我心目中，沒有花色、品種、身世、性別、老幼之分，全是物種中最完美、最可愛的生命體。無論他是生長在我家、你家，甚至是遙遠的他鄉，或眼前流浪街頭的自由貓，都被我視為最珍貴的寶貝。

我最心疼的是住在寵物店的「籠子貓」，以及不幸被抓進所謂「收容所」的流浪貓；前者漫長等待一個好買主，若遇上了無知且無心的主人，他的命運可能悽慘，生不如死，後者，在收容所的短短十二天，若無人認養，第十三日就是他的死刑。

除了世世代代藏身於深山叢林內的野貓外，人類完全剝奪了現代家貓自由的權利，他們的生存掌握在人類手中，繁殖、養育、生死，都由人類操控。由於這些事實確實讓有心人士感到心碎與無奈的遺憾，因此，相對地，便有愛貓族興起了「極致寵貓」的文化，以下是收集得來的三十五則貓迷的粉絲話：

1 養貓的家中，請在向陽的窗前舖設軟墊坐檯，以供貓專用。

2 貓在腿上睡著了，你千萬不要動，要一直等到他醒來。

3 如果愛貓不喜歡你的情人，你應該要速速和他分手。

4 跟愛貓在一起時，要陪伴遊戲，一起歡笑，但不是取笑、捉弄他。

5 家中要隨時準備貓糧存貨，以避免颱風、海嘯的天災突然來臨。

6 為了讓貓在失眠之夜打發時間，請準備充足的玩具給他。

7 讓貓當你人壽保險的受益者。

8 為愛貓取名，不但要好聽，且要有深度與意義。

9 每天晚上睡前先給貓梳理皮毛，並按摩全身，且說好話稱許他。

10 下班回到家，要先問候你的愛貓，抱他並親他，表示你對他等待一天的感激。

11 為了貓的健康，你一定要戒菸，並且學習好修養。

12 家中有貓，你就別考慮買絲絨或天鵝絨的家具。

13 讓愛貓躺在你身上一起睡個午覺。

14 當你做飯烹飪的時候，別忘了也要給他燙幾隻鮮蝦吃。

15 如果發現貓對鳥聲有興趣，就要去找有鳥聲的音樂放給他聽。

↑ 貓的形體，是聲波與氣流所構成。（盧紀君／攝）
材質：瓷器／尺寸：每個約6-9cm／產地：日本

16 避免用傷害貓形象的字句來寫信或文章。

17 每次觀賞《蝙蝠俠》的影片時，要向貓女歡呼。

18 當你的愛貓在地毯上嘔吐時，你要輕聲細語地安慰他，而不是大喊：「我的地毯完了！」

19 當愛貓在跳躍而跌落時，你一定要裝作沒看見，更不能取笑他，以維護貓的尊嚴。

20 關於座椅，先讓愛貓選擇他喜歡的位子。

21 當你購買新地毯時，應選擇能夠讓貓的爪子輕易深入的柔軟織品，太過粗糙的質地，可不合貓的品味。

22 歡迎愛貓在餐桌上與你一起用餐，但他想吃你的菜時，千萬注意不可過量。

23 買好瓷器來裝貓食；碟子不可太深，否則貓會弄髒臉和鬍鬚，更不可使用會滲出毒物的塑膠製品。

24 貓的睡床，要鋪上溫暖又舒適的毛絨毯。

25 愛貓被收養的日子或生日，你都要為他慶祝。

26 為你的愛貓畫像，並把它掛在家中最顯眼的地方。

27 為了愛貓，在房屋裝潢前，請設計師規劃給愛貓的活動空間。

28 當你要離婚時，得請一位律師來為你爭取愛貓的監護權。

29 把愛貓的相片放在你辦公桌上，但至少必須和家人的相片一樣大小。

30 要去投票之前，也應聽聽貓的意見作為參考。

31 你要很高興地為愛貓清理沙盆，完成後還要稱讚誇獎他。

32 換掉家中的植物盆景，種些愛貓喜歡的薄荷和小麥草。

33 有時你也要接納貓的一些習慣，如：抓窗簾。

34 隨時記得把馬桶蓋子蓋上，以防止愛貓掉到裡面去。

35 入睡前，請為愛貓朗讀莎士比亞的作品。

史上最初的貓文獻…

貓實在值得人去愛，但是過去人們總是故意漠視他，並且故意扭曲他的性格。現在，是還給他真實面貌的時候了。

在我收藏的貓書中，年代最早的貓文章，是三百年前法國博物學家布封在他偉大的《自然史》巨著中的一篇關於「貓」的描繪。布封所書寫的動物包含家畜、野獸、鳥禽等，約有七十種之多，每一種動物都博得作者的關愛與讚賞，但唯有「貓」，卻是以「狡猾虛偽的騙子」來形容。他強調：幼貓比其他動物狡猾，天性虛偽，喜歡惡作劇，成貓更是懂得迎合、奉承主人以獲得寵愛，且貓天生有掠奪性，人類為了消滅老鼠，才不得不讓貓進家門。

當時社會風氣，凡家畜都以功能論，貓雖然克服了黑死病有功，但他不肯被馴化的個性，在布封的觀察下，便是負面「無情、冷漠、不忠」的傢伙。

這促使我一路追蹤，在科學已經開枝散葉的西方，史上最初的「貓文獻」正是揭開貓在人類文明中地位的明證。

貓自從受到埃及人無上的崇拜以來，就是各類文學作品的創作對象，但是編年史的作家、學者們，對貓的主題卻總是視而不見甚至不屑一顧，這種現象直到西元前五世紀才得以改觀。

英國人河洛多德是第一位將自己所見、所聞有關貓的一切傳說事情記錄下來的人，也是第一位對於貓戀情抱持著超脫看法的人士。他說：「雌貓產子後，對於雄貓便不屑一顧，無論雄貓多想與雌貓交尾，仍舊無法一親芳澤。但是，雄貓並不氣餒，他會將母貓身邊的小貓奪走、殺死，當然還不至於吃他。於是失去小貓的雌貓會為了再懷孕生子而回到公貓身邊。

母貓就是如此地喜愛小貓。」

依照河洛多德的說法，貓這種特殊的行為，埃及才能免於「貓」滿為患的問題。這理論對於後世研究貓戀情有決定性的影響。

中世紀初，阿拉伯的自然科學家也依此觀點寫下一段敘述：「貓是神用來驅逐老鼠的掩護，貓是一種內心充滿濃厚愛意的動物。嚴冬結束，春天降臨之際，貓便覺得非常痛苦，這是因為公貓體內的精液正沸騰著。交尾後雌貓會變得十分大膽，這就是雄貓在交尾後會急於離去的原因。在交尾前，雄貓會表現得異常勇猛，但交尾後這種勇猛卻移到雌貓身上。發情中的雄貓鎮日叫著，這種震耳欲聾的叫聲，任何人聽了都會抓狂。」

古羅馬時代，博物學家大普利尼斯所撰寫的《博物誌》中，就有關於貓的紀錄。他將所能獲得的所有貓事以不評論的態度據實記錄。他在書中寫道：「貓以輕柔的腳步，偷偷接近小鳥，以捕鼠的姿態來捉鳥。貓用後腳將糞便掩蓋在土裡，他大概是怕這股臭味會讓自己的住處曝光。」不過，大普利尼斯對於貓的瞭解似乎僅僅如此而已。

以上這些書籍雖然都有關於貓事的紀錄，但都是片段而零碎，看不到全面性的記載，這說明了當時人們對於貓的理解非常有限。

真正以書的規模專門為貓所寫的書，是由德國人孔蘭德・福・梅根貝爾克所寫的《自然的書》。這位布魯克大教堂的司教區參事會員在一三五〇年就完成此書，然而直到一八六二年這本書才以手稿形式發行。

他在書中寫道：「貓在拉丁語中稱為『Musio Marileges Cattus』，他是種詭計多端的動物，十一世紀義大利的神職人員，同時是暢銷作家的雅尤普斯也認為如此。貓的視力十分銳利，即使在全黑的環境下也能捕捉到老鼠。每逢交尾的季節，更激發其凶猛的氣勢。他們經常會演出激烈的武打戲，這是為了確保捕鼠的優良攻勢。嘴邊的長毛是貓的利器之一，一旦喪失會使貓的威風大減。飼養的貓如果粗暴而且難以管教，可以採取切掉耳朵的懲罰方式。如果水滴進貓的耳朵內，他就無法返回森林中生存，自然就乖乖地待在人的身邊。貓與貓之間有很強烈的依戀之情，所以當他在水邊看到自己的倒影時，會誤認為是同類而縱身躍入水中。這種情形經常發生在發情期的公貓身上，尤其是缺乏經驗的小貓特別容易發生。」

到了一五六三年，在可蘭德・耶斯那所著的五本《動物誌》中，仍依照河洛多德的觀點來解釋貓的戀情，但耶斯那的時代對貓仍舊存有一些偏見。在他的書中就寫道：「貓是種對於爬樹、追趕、跳躍、抓、搔這些動作都十分在行的敏捷動物。他和狗一樣不偏食，能接受任何的食物。他的腳並不喜歡浸泡在水中，但是卻特別偏愛吃魚。他最喜歡無所事事地躺臥在廚房的爐灶邊或起居室的暖爐旁，也因為他喜歡待在這些溫暖的地方，所以他的毛常常遭到灼傷。」

耶斯那對於貓的見解在往後的數百年間仍受到重視。一六五八年在倫敦出版的《四足獸的歷史》中，作者耶多萬特・得布傑爾在有關貓的記述和插畫資料方面，皆是以耶斯那的《動物誌》英譯本為主。

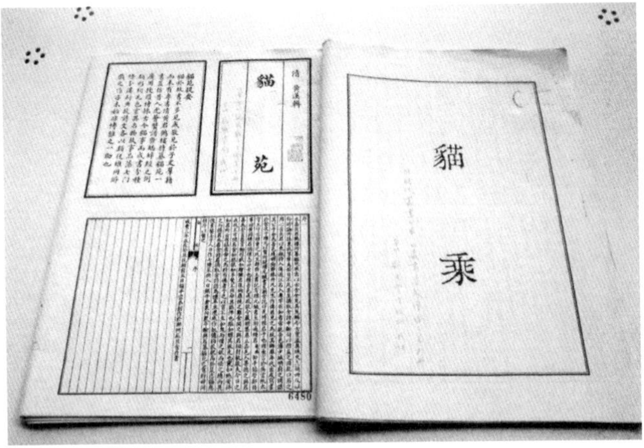

↑中國最早的貓文獻，有清代的《貓乘》與《貓苑》兩集。（盧紀君／攝）

↑布封的動物書寫與繪畫開啟了十八世紀生物知識的序幕。（盧紀君／攝）

貓資料在幾位學者的努力下逐漸累積，當一七四九年布封在巴黎發行的《自然史》中，對於貓的訊息有了比較詳細的記載。然而，如同我所說，布封對貓並不友善，且持有偏見。

他的文章寫道：「貓是個不誠實的僕人，飼養他是為了趕跑比他更壞、更難纏的動物——老鼠，這是種不得已的心情。在這種情況下，我想人類並不是真正喜愛貓，飼養他不過是為了實用目的罷了！貓在幼小時雖然表現出許多良好的習性，但是同時也顯露著與生俱來——邪惡、乖僻、難以馴服的本性。」

不過，他對於貓動作輕巧與愛好乾淨的習性相當讚許，另外對於貓厭惡束縛的性格，也有正面的評價：「他真是徹頭徹尾喜好自由的動物，想要做任何事就立刻要做到。貓想要改變住處時，絕對會毫不眷戀地離開原住處。」

布封的學生夏魯爾．宋里，在重新修訂布封著作的同時，也修正了貓的形象，重新以較為客觀的的觀點來看待貓：「我認為貓對於飼主並不存有孺慕之情，至少我見過的貓是如此。你怎麼能要求一隻被你囚禁終日的動物仍對你抱有信賴感呢？像『貓是種願意與人親近的動物』這些論調，完全是人類一廂情願的看法。」夏魯爾更相信他所飼養的安哥拉貓之機伶聰明並不輸給獅子狗（一種智力頗高的狗）。

一八三〇年法國作家魯涅．夏特魯利安也說：「我家的貓擁有貓獨特的外衣和狗的機靈性格。」這些言論都說明布封對貓有著錯誤的印象。

阿魯弗烈特．布雷姆在一八六四年至一八六九年間出版的六冊《動物的生活》中，對於貓的記載和描述，是史上最初貓文獻中首次獲得中肯的評論，他說：「貓實在值得人去愛，但是過去人們總是故意漠視他，並且故意扭曲他的性格。現在，是還給他真實面貌的時候了。」

神祕萬花筒・・・

有人會從「興趣」切入，有人則只選「經典」，如今世上的貓書已經多到買不勝買，質量的衡量與取捨，正是迷惘之時的大學問。

↑貓的文明史，都記載於作家、學者、科學家相競出版的書頁中。（盧紀君／攝）

早在十九世紀初期，就有狗書的出版，但貓書卻遲至十九世紀中葉才發行。一八六八年，有人用夏福里這個筆名，將裘魯．尤松的《貓》書出版發行。這本書包含了貓的學理知識、實際觀察、各地逸聞，更將貓在人類世界中形成的文化及美術史一併載入，因此可說是一本貓的大全，當時風靡書市，在兩年間就發行了五版，內容也隨著新版的上市，增加了貓的插圖、詩作，還有銅版畫「貓和花」的彩色印刷。

《貓》書的出版，不但打開新時代之幕，使貓成為文學領域中的常客，更激發人們對了解「貓事」的渴望，而促使貓書大量出現。

一八八九年，哈利松威亞所著的《貓的種種》一書，因應市場需求在英、美兩地同步發行，而貓書也逐漸朝著多面向與專業的議題發展。一八九五年，第一本有關貓語言的書籍在紐約出版，《貓和他的語言》是作者馬維．克拉克考察貓的作息生活所得到的心得，此書也開啟了貓行為觀察的熱潮。

在貓畫方面，一九〇三年由法蘭聖斯．辛普森所著的《貓的書》在倫敦出版，這本附有許多插圖的書，是蒐集貓畫冊的收藏家所必備的。

林林總總的貓書在西方世界逐漸發燒，到了一九〇四年底，在《德國書商之新刊介紹》這本書籍導覽中，《貓之書》的作者多里．克林發表了一篇名為〈貓關係書便覽〉的文章，他說道：「十多年來，許多都市都舉辦過貓的展覽會，而且也出版了許多有關貓的書籍。如今這種展示會仍如火如荼的舉辦著，我想，渴望知道有關貓文獻的貓迷大概也不在少數，所以我僅以所知的一些珍貴文獻呈獻給各位。」

克林所列舉的貓書共計一百四十四冊，這些資料大致十分齊全，在貓的寓言、童話、動物學概說這三方面的資料最為豐富，唯獨有關貓品種的書籍在當時尚未有著作出版。到了一九一二年出版的《貓與狗的畫》書中，附有六百四十五冊的參考文獻目錄，列舉一百本有關貓的文學作品與歌頌貓的詩歌，以及一百三十三位詩人，這本書經過多次的再版，即使

↑十九世紀英國小說家吉卜林（Rudyard Kipling）的《獨來獨往的貓》，是經典之作，該書封面的插圖亦是永世不朽。（盧紀君／攝）

到了一九六一年仍有新版發行。

第一本針對單一品種作詳細介紹的貓書，是一九一一年由西班牙作家貝那威爾特・伊・馬魯帝涅斯所撰寫的《安哥拉貓》，這本書對於安哥拉貓有詳盡的介紹，因此這本書也被翻譯成英文廣為流傳。不過，次年，英語系國家中就出現一本劃時代的貓書：《貓之書》，這本由美國人古利亞・涅卡所著的書，蒐羅自一五七〇年以來，四個世紀中所出版的二千二百九十四本貓手冊，資料如此完備，卻因當時翻譯困難，只能提供英語系的貓迷閱讀，因此並沒有如預期中的暢銷。

《家中之虎》是一九二〇年的出版品，這本由紐約的古諾普社限量發行兩千本的書，也是行家所不可缺少的收藏經典。書中所登錄的皆是正確而真實的文章，並且記載著貓各階段的歷史、性格與心理狀況。

有關貓的行為觀察書籍，在一九三〇年又有《卡丁，我漂泊的貓》一書出版，作者法蘭瑟斯．畢特是一位動物心理學者，他將觀察野貓的心得詳實記錄在此書中，另外還附了珍貴的觀察照片。

法國隆巴德的一位醫生和作家朋友合作完成一本關於貓的哲學性研究論文。他們把人和貓的行為互作比較，結果發現貓比人優越。作家在序文中寫道：「最不幸的莫過於成為第一個用科學手法探討貓的習慣和心理狀態的人。」然而，這本書卻成為學術界研究貓行為的重要里程碑。

至於一九五六年出版的《貓：動物行為學的一種考察》更是巴烏魯．拉哈吾聖嘔心瀝血的經典之作，書中提供許多有關貓的本質特性，是彌足珍貴的資料。

他在序文中寫道：「經過十年日夜與貓為伍的生活，和五年以上的重複觀察實驗，這本書終於誕生。」

此書的第五版在一九七九年出版，而拉哈吾聖也將家貓和野貓的生活習性作一比較。這本由零星的研究結果累積而成的大作，至今仍不斷加入新的資料，也因為拉哈吾聖累積長期的研究，使人們終於解開許多關於貓的疑問。

《如何與一隻有心眼的貓相處》是由艾瑞克格內所寫的書，他以一種幽默卻不失嚴肅的口吻，分析人貓之間的關係，因此受到貓迷的喜愛。不久之後，史蒂芬・巴克就針對書中欠缺討論的問題加以補充，寫成《如何與一隻有神經質的貓相處》一書。

華盛頓的動物行為學研究所長麥克魯・福克斯博士，也在貓身上投入許多心力，在所著的《你對貓的瞭解有多少》一書，是為那些對貓一無所知的人所寫，其中當然包括不少可以立即派上用場的貓知識。

維也納的獸醫師兼動物心理學者菲爾德南特・布魯那博士，是研究大都會造成貓犬異常行為的專家。他與記者古爾特・弗拉發薩克共同著作的

《人類與貓的會話》一書，就是將他的知識與經驗整理成學術性的論述。

十九世紀之後的貓書出版，可以說是揭開了貓咪的神祕萬花筒，從最初的科學文獻發展到實用的「飼養學」，入門的「知識學」，解說性的「品種學」，研究性的「解剖學、遺傳學、心理學、行為學」等等，甚至開發了「人貓互動」的生活風格，其中藝術家們更是紛紛從繪畫、音樂、從文學、戲劇等等領域，瘋狂的創作，彷彿貓是被發現的「新大陸」，無限的資源啟動了，貓事檔案一一被傳頌。

二十世紀後，印刷術的先進與攝影機的精銳，影像圖書更步入了新標竿，貓書求美求真之餘，更求善。對於一個收藏者來說，究竟必備的貓書有哪些？有人會從「興趣」切入，有人則只選「經典」，如今世上的貓書已經多到買不勝買，質量的衡量與取捨，正是迷惘之時的大學問。

名貓與名著：

從穿著長靴的貓到伊帝蓋蓋，這些主角都是雄貓，這或許代表雄貓在人類心目中，是獨立、自主的象徵，有著超人般的想像。

在貓書的蒐集過程中，最難的是「異國文字」，有一年到荷蘭，剛好有一本《流浪貓遷移踏查紀錄》的書出版，我很想採訪這位追蹤流浪貓生活十年有成的作家，但是語言無法溝通，書也看不懂，只能透過朋友翻譯，聽聞簡略的轉述，錯過了大好機會。歐洲是貓從東方到西方經由船隻最先上岸移民的地方，因此，早期關於貓的著作，也多為歐洲語系，很多文獻都要在幾世紀之後，靠跨國授權與翻譯工作，才能讓這些珍貴資料永留文學史。

十七世紀法國文學家夏爾・佩羅在一六九七年（《鵝媽媽的故事》、《睡美人》、《小紅帽》之作者。一六二八至一七〇三年）發表了《穿著長靴的貓》，這篇童話的出現，具有劃時代的意義，因為貓終於從惡魔的化身轉變成幫助人們的小精靈；「窮得只剩下貓」的磨坊老三，沒想到一雙長靴穿上身的貓，竟然就能展現足智多謀，成為彬彬有禮的僕人，為主子翻身，爭取終生的富貴。

在這篇故事中，貓並沒有名字，但貓以虛構的「卡拉巴斯伯爵」為其主人名號，博得國王的信賴，繼而為主人牽引皇家姻緣，從此進入真正貴族的行列。

在此之後，作家們所寫的貓故事中，貓不但有了「名字」，文體也逐漸脫離童話領域，進入成人文學的世界。在這股轉變風潮，最重要的作品應屬德國作家霍夫曼於一八二〇年所寫的《雄貓姆魯》。

↑ 十八世紀後，作家所創作的貓書中，每一隻主角貓都有名字。（林國彰／攝）
材質：瓷器／尺寸：長13×寬5×高26cm／產地：台灣

這是第一次以敘事手法來描述貓的作品。霍夫曼筆下的姆魯長相俊美，穿著長靴（還是長靴），有鬼怪神祕的性格，是混合著人獸特性的英雄，這些特性都與真實世界的貓截然不同。姆魯的身分是作家兼詩人，有教養有學識的他，雖然有時候會因為白蘭地喝多而醉上兩天，也會和戀人密司密司日夜約會，甜蜜地唱著二重唱，但是身為作家，他也有代表性的著作，如《思索巷和預感或者貓和犬》、《關於捕鼠及捕鼠對於貓的性向和活動力的影響》等書。

霍夫曼是動物心理學家，有這項專長，才能藉由貓來寫諷刺題材，他並在傳統動物寓言的手法上加以創新，可說締造了風格之先河。《雄貓姆魯》在貓文學上有著承先啟後的地位，正如《雄貓姆魯和他的家族》一書中所說：「《雄貓姆魯》的出現，終於興起脫離千篇一律模式的風潮，創出其獨特的性格和精神。」從此，貓文學所採用的題材大多跟隨著《雄貓姆魯》的模式。

雖然《雄貓姆魯》在題材上占有決定性的地位，但在寫作方式上，以「手記」形式呈現的小說：《貓之為物》，卻是最為重要的作品，它在《雄貓姆魯》出版前十八年前（一八一二年），就已在巴黎出現。

《貓之為物》一書中，主角馬叟夫人的生活始於富麗堂皇的宮殿，最終隱居於修道院中，這樣多采多姿的故事，在「手記」形式的呈現下，另有一種趣味。因此，往後出現的眾多貓文學，幾乎都是以「手記」的形式發行。其中最有趣的莫過於一八二六年由德國人貝爾曼・西福所寫的《雄貓姆魯的遺稿》，這部故事是根據霍夫曼小說而寫成姆魯的手記，無疑是深受《貓之為物》影響的作品。

法國作家威固土爾在《吹喇叭的人》書中，塑造名叫「伊帝蓋蓋」的角色時，也深受姆魯的影響，雖也走大眾化的路線，但伊帝蓋蓋仍舊不如姆魯平易近人；一身天鵝絨毛的黑貓伊帝蓋蓋，有著雄赳赳的長尾巴，使他渾身散發著貴族的優雅氣質。在一八六〇至七〇年這勤奮的年代，他是

↓ 一舉成名天下知的貓，不僅有自己的名字，
在文學史上，也留下了舉足輕重的地位。
（盧紀君／攝）

材質：瓷器／尺寸：直徑16.5×高1cm／產地：台灣

住在男爵纖塵不染的客廳中，享受公爵女兒的恩寵，並學習上流社會待人處世之道。

這顯然與姆魯在阿布拉姆博士的書房、起居間，放肆地呼吸文學氣息的生活大不相同。

遺憾的是，書中並沒伊帝蓋蓋自述的內容，對於他的種種都是由作者

來描述。不過即使如此，《吹喇叭的人》一書在人性的描寫上卻比對貓的探討來得更精采有趣。

從穿著長靴的貓到伊帝蓋蓋，這些主角都是雄貓，這或許代表雄貓在人類心目中，是獨立、自主的象徵，有著超人般的想像。

一九〇四年，罕瓊尼斯完成一本日記形式的小說《超貓》，書中的主角：「超貓」卡爾羅，全身純白，臉上鑲著紫羅蘭色的眼睛，自認是姆魯和伊帝蓋蓋的親戚，居住在義大利的外交官邸中，是道德主義及無政府主義的擁護者。

雖然他是姆魯和伊帝蓋蓋的晚輩，但與他們的行徑卻截然不同。姆魯是隻不喜歡出門、被養在廚房中的貓（當時已將貓養在室內），書中的後半段，姆魯常會駕著馬車行駛在德國的街道上。到了伊帝蓋蓋的時代，街市鋪設道路，便於馬車的行走往來。但是卡爾羅已經生活在充滿船與汽車的時代，於是他恣意地享受文明成果。

白天，這隻精通文學的貓，他在地中海的遊輪上穿梭於美女的寵愛，到了夜晚，他也會英勇地在荒野中與斯拉夫貓進行戰鬥。這麼多樣化的生活，使得嫻於世故的卡爾羅不禁自負地說道：「親愛的伊帝蓋蓋啊！你可曾有在船上宿醉的經驗？對不曾做過世界旅行的你來說，這是不太可能實現的夢想吧！」

在十九世紀的貓文學中，不能不提到《布利滿之館》，書中的「克拉普斯」、「休諾雷」扮演了舉足輕重的角色；他們不是童話色彩濃厚的貓，而是殘留著名貓姆魯的身影與形象。

一八六四年出版的《布利滿之館》，是一本帶有驚悚氣氛的貓小說。克拉普斯和休諾雷是布利滿先生心愛的貓，他們曾隨布利滿航行到西印度群島。他們不但能和布利滿先生同床共眠，更常在他的肩臂上玩耍。相依為命的人貓原本親愛有加，生活非常幸福，但布利滿的妹妹因為不滿他將她和孩子趕出家門，便在這兩隻貓身上下了毒咒，從此貓的存在就為了懲罰主人一般。

故事的尾聲，高高的圓窗映出布利滿先生乾涸的容顏，他微弱地不斷呼喊：「肚子餓了」、「誰來了」，但是如同老虎般巨大的貓正看守監禁著這坐在皮椅上的矮小老人，「他喃喃自語，凝視著沒有星光的夜空，殷殷請求神佛慈悲的降福。」

這就是布利滿悲慘淒涼的結局。這種令人毛骨悚然的貓故事，一如愛倫坡（一八〇九至一八四九年）的小說《黑貓》，都是將貓的神祕魔力與人的邪惡心思，相乘出最恐怖的行徑。貓，在文學史上，是後世發展出的鬼怪、推理、偵探等等驚悚小說的原型吧。

貓所透視的世間相⋯

貓心生慈悲，立刻收虎為徒，
當貓無私的將各種本領授與老虎後，
發現自己正是老虎飢腸轆轆的第一口糧食……

我曾經寫過關於「貓的千古怪談」系列小說，皆以遠古的東方社會為背景，敘述怪誕不可思議的貓故事，很多讀者詢問我，這些是有根據的野史，還是胡說亂編的杜撰？我想說明的是：文學雖然是來自文學家的想像，但往往，作家的小說反映的是真相，是最貼近的歷史。創作的可貴也在於此。

怪談故事，說的不外是青天白日裡，忽然出現異於平常的現象，如惡霸受到天譴、壞人遭遇傷病、欺凌者忽然夭亡為終，善士祈求如願、好人榮獲獎賞……儘管大部分是「善惡」對決的傳統戲碼，但這人間使者不是人類，卻是被賦予了魑魅魍魎妖氣魔力的貓。

無論是我們看不見的靈、鬼魂，或意念、生命其實都在各種具象或抽象的事物中不斷流動，它並不是作為人的對立面而存在，而是時時反映著人類內心的欲求、扭曲、黑暗，或者以另一種形式，悄悄地融入我們的日常生活當中，和我們對話、一起呼吸、一起吃喝。早已融入人類社會的貓

↑ 貓是人類思維最佳的詮釋者。（盧紀君／攝）
材質：塑鋼／尺寸：長14×寬13×高25cm
產地：日本

族，以其能穿梭於多度空間的貓，最能透視這些世間相，這是我將繼續書寫貓的「千古怪談」之答案。

貓的神祕能力常常引起諸多遐思，但也讓人百般不解，尤其中國人，對於貓在「神界」的地位完全受到排斥與秉棄不免疑惑：

「十二生肖都沒有排名？」

「連對手老鼠都不如？」

「輸給天敵，實在沒面子？」

關於為何貓沒有被列名於十二生肖？市井間有很多不同版本，最通俗的傳說如下：

貓與老鼠本來是好朋友。這天，玉皇大帝要為人類排定生肖，決定在天庭召開會議。貓因為每天至少要睡眠十六小時，便請好友老鼠充當鬧鐘。沒想到老鼠非但沒有叫醒貓，趁機還搶先得了第一名，貓鼠於是結下樑子，貓對背叛友誼的老鼠永遠記著仇。

也有傳說，是老鼠趁貓過橋時，狠狠地推了貓一把，讓貓掉入河中差點溺斃，因而失去競爭機會，無法即時到達天庭。這恩怨也就世代源遠留長。

不管是不是倒果為因，中國人最重視的天干地支裡貓缺席是事實，本質聰慧的貓，本不該落得如此，但許多傳說中，還有這樣「愚蠢」的劇情：貓是個義薄雲天的好漢，雖然力氣不如巨大的老虎，但聽到老虎投訴：「我空有一身力氣，卻總是笨手笨腳，我想拜貓為師，學習如何有效的捕捉獵物。」

貓心生慈悲，立刻收虎為徒，當貓無私地將各種本領授與老虎後，發現自己正是老虎飢腸轆轆的第一口糧食。幸好貓留了一手上樹功夫，才擺脫忘恩負義的老虎。

日本的招財貓，是肝膽忠義與淒美的結合，貓被描述為「犧牲小我，報主恩」的故事，歷久彌新，受到世人的愛戴。相傳貓為了救頹廢不振的主人，以自己的身體作為向神明祈求交換的條件，每次以肉身的部分換得金子供給揮霍的主人花用。這隻忠心耿耿的貓，最後因招財過度，捨身完成，主人發現貓消失不見了，這才流下悔悟的眼淚，重新振作家業。

貓與鼠的關係，帶給大家不同的啟示，許多寓言都以貓鼠作為主角。明代劉基所著的《郁離子》書中記載，有一個越國人家老鼠猖獗，因此買來一隻貓，希望老鼠能盡快除去。沒想到這隻貓反而把家中養的雞吃了，兒子氣得要把貓送走，但父親說，沒有雞，頂多我們沒有吃食而已。但是沒有貓，老鼠會在家中橫行，破壞我們的衣服、家具，吃光我們的食物，這才是更嚴重的結果。這個故事雖然說的是貓與鼠，但事實上卻是教導人如何判斷事情的輕重緩急，以全面的觀點權衡利害，才不會因小失大。

清代《耳食錄》中，也有一則寓意其中的故事。有一個厭惡老鼠的人，花許多錢買了一隻良貓，每天都讓他吃好睡好，盡可能地服侍他，希望老鼠能從此絕跡。沒想到貓生活安逸，不但不抓老鼠，甚至還與老鼠一同嬉戲。這個人非常絕望，從此不再相信世上有所謂的良貓。

這故事其實是要告訴我們，並不是沒有良貓，而是不能過度呵護、溺愛，否則即使是才華洋溢的人，也會因為怠惰鬆懈而無法發揮所長。

這種以貓詮釋人事，在日本作家宮澤賢治所著的《貓咪事務所》中表露無遺。四隻書記貓咪，顯現出人間官僚的醜態。他們勾心鬥角的生活，就像是擅長吊書袋的書呆子般，令人聯想起《官場現形記》中的醜態。

寓言故事之外，貓在莊子心中可又有不同的觀點與比喻：

莊子在〈逍遙遊〉中，惠子謂莊子曰：「吾有大樹，人謂之樗，其大本擁腫而不中繩墨，其小枝卷曲而不中規矩。立之塗，匠者不顧。今子之言，大而不用，眾所同去也。」

莊子曰：「子獨不見狸狌乎？卑身而伏，以候敖者，東西跳梁，不辟高下，中於機辟，死於罔罟。今夫斄牛，其大若垂天之雲，此能為大矣，而不能執鼠。今子有大樹，患其無用，何不樹之於無何有之鄉、廣莫之

野？彷徨乎無為其側，逍遙乎寢臥其下；不夭斤斧，物無害者。無所可用，安所困苦哉？」（〈逍遙遊〉原文）

莊子與好友惠施在辯論怎樣的言論才有益於社會。惠施認為莊子飄渺的言論，就像一棵臃腫且枝幹彎曲的大樹，雖然粗大，卻沒辦法作為木材使用。莊子說，貓憑著靈巧身手可以捕捉許多小動物，卻常會因為只顧著捕捉而掉入陷阱；犛牛身體龐大，沒有靈巧的身手，當然他也無需捕捉獵物，因此他不會掉入陷阱中。

所以，莊子認為自己的言論就像犛牛，一般人的言論則像貓，有所求、講功效，卻容易遭致災禍，唯有像自己這種看似無用的言論，才是實質上的有用。

無論在文學上，或其他的藝術表現，貓都是表現創意的模特兒，也可以說貓是人類思維最佳的詮釋者。

‧‧畫貓大夢

「貓」是畫家藝術創作的絕好題材，
很多藝術家也因為他們是貓的忠誠伙伴，
而不能自已地將愛貓入畫。

貓逸品的收藏，對我來說，除了書籍之外，不能少的當然是「繪畫」作品的蒐集。

畫作的典藏，必須要有起碼的條件，如恆溫的儲藏空間、如無塵防汙的櫃子、如防潮的畫框或裝裱技術……

對於像我這般業餘收藏人士，這些條件都難如登天，也就是說，畫作本身之外，相關保存的投資是一筆巨大的花費，且隨著時日，追加的預算更是沒有底線。

這半世紀以來，我陸續收藏了百來幅貓畫，有的是買來的，有的是畫家相贈，但是我其實沒有收藏畫作的空間，更不要談到那些所謂的基本條件。於是，喜愛貓畫之餘，我也想到自己「生產」，便發了大願：「當我退休時，我就要開始畫貓。」這是我在前中年期所做的生涯規劃。當時，對於「晚年」的概念，有點天真吧，相信退休後，就可以隨心所欲，把一心向學的功課派上用場。於是輕易宣布，好像有了這許諾，我對快樂的晚年便可以充滿信心。因此，聽到我發願的朋友均頗受感動，紛紛送給我畫材，以表示讚許。至今，我有一個抽屜，就存放著這些友人的鼓勵——包括畫紙、畫冊、顏料、各式畫筆，甚至有一座十尺高的畫架，底座裝置滑輪，古典而豪華，相信許多專業畫家也沒有我這樣的氣派。因此，雖還未動筆，卻已萬事具備；尤其，為了成就「貓畫家」的企圖，我隨即展開對「貓畫」資料的蒐集與搜尋之旅。

↑ 收藏名家貓畫的我，期待自己有一天成為貓畫家。（盧紀君／攝）
材質：木質／尺寸：長38×寬50×高0.5cm／產地：荷蘭

一九七八年，我到香港訪問丁衍庸，這位有東方馬蒂斯之譽的中國畫家年事已高，但他手勁仍很好，不但為我刻一只印，知道我愛貓，立刻提筆治墨，畫了一幅五尺長的「一筆貓」相贈。當時，丁衍庸過著寂寞的退休生活，偶為現實所迫，會乘興舞弄幾張水墨給求購的上門者；其中，他最愛這種「一筆」畫，構圖簡單，一如他的淡泊生涯！他畫十二生肖、畫出浴的楊貴妃、畫鍾馗都很搶手，但他說，他最過癮的還是這獨漏於十二生肖之外的「貓」。

我頗能感受他言下之意的心酸，凡是藝術家誰不嚮往貓那自由自在、唯我獨尊的個性，但他雖名揚國際，卻已年老體弱，鎮日獨對那色彩斑爛、畫面充滿欲望的往日舊作；他筆下的貓，其實正透露了些許的人生境遇。

當我離開時，我留下了身上所有現鈔當作筆潤，沒多久，丁衍庸便過世了，而這幅貓畫也因一位朋友索求而轉贈出去；如今，雖然畫已非我擁有，卻留下這很難釋懷的鮮明記憶。這是我與第一張「名家貓畫」邂逅的故事。當年我所蒐集的對象，大都只是市面上很普遍的月曆、卡片、海報等印刷品而已，畫家的原版作品則是當時我的經濟能力所不敢奢望的。

曾以畫瓊瑤小說插畫而獨樹風格的吳璧人，亦是愛貓同好，她平日就常買貓的東西相贈，非常貼心的她，使我大膽開口向她索求，那一年，她在工作之餘，花了很多的時間，為我畫了一隻雙目炯炯有神的貓，一筆一畫有如刺繡的細膩，表現了她的個性和愛意，令我大為感動。吳璧人不僅作畫、設計全才，她對立體如雕塑、陶藝、金工也十分擅長，那陣子，她還做了幾件泥塑貓偶送給我，幫助我邁進收藏的堂奧。

由於有了這樣的起始，朋友之間逐漸風聞了我的愛好，豪放性格的趙二呆把他一幅頗有禪相的水墨貓送到家來，有人看了，說：「這不是貓頭鷹嗎？」我則說：「貓頭鷹當然像貓，一隻會飛的夜貓呢！」

貓對於藝術家，是挑戰性極高的素材，即使是以具象來表現，也是超高難度，更不要說在抽象的空間裡，完全發揮貓的特性和樣態。雕塑家楊柏林，以木板和銅材，各自做了「貓」來送我，我左看右看不太懂得，心裡納悶怎麼貓在楊柏林眼中竟是一台「縫紉機」，靜而沉重的立定一處，連聲息也沒有……只聽得好古老、好古老的歲月之流，從心中淌過。

這就是楊柏林的貓，不是機靈、活跳的貓，而是前世的、鬼魅的神祕之物。

比起來，丁雄泉的貓，算是非常入世、俗美而性感的「真動物」，他原先只在女人的彩繪中以駿馬、鸚鵡、蝴蝶來相伴，有一年，他返台開畫展，終於遇到了可以共同話貓的我，為了這個好緣分，我便把我愛貓的照片相贈，提議把貓帶進他的女人畫中，次年一九八二年，他帶了一批畫再度來台展出，果然全是貓與女人，非常賣座，慶功宴時，他拿出一幅已備好的貓畫送給我，說：「這是『男貓』喲！特別要給你的。」

原來是全身「藍色」捲成圓滿的大胖貓，這是丁雄泉雙關的幽默。

一九九二年，我的第一本貓書要出版，畫家吳昊允諾為封面作畫。但貓並非畫家熟悉的素材，他特地到我家素描了一週之久，畫作完成時，大夥兒驚呼：「乳牛貓」。這貓全身竟是「乳牛」黑白的花紋，正跳躍著與蝴蝶共舞。

藝術家的創意實在令人嘆為觀止，此畫一展出，立刻被高價搶購，讓我失之交臂無限遺憾。

「貓」是畫家藝術創作的絕好題材，很多藝術家也因為他們是貓的忠誠伙伴，而不能自己的將愛貓入畫，席慕蓉就是一個例子，她家有一雙暹羅姊妹花，這是她送給丈夫的結婚紀念禮物，一家人都愛貓，貓最常出現在席慕蓉的小品作中，像一篇散文，像文字之間的逗點，飯後一小杯的義大利咖啡。她送我一張草叢尋探的貓，露出一張雖好奇卻十分篤定、自信的臉，是暹羅貓特有的端子漸層毛色，也是我的愛貓咪子的模樣。

以上這些貓畫，是我第一階段的收藏珍品，此後，貓畫一張又一張地增加，我必須騰出一個房間來放置，卻因收藏條件不足，而至畫作有所損毀，殊為遺憾。現在，我已退休了，正要起步朝著畫貓大夢前進呢。

魔幻×神祕

↑ 貓的九命功法：隱、現、藏、變、瞇、沒、閃、顯、摸。（林國彰／攝）

材質：壓克力／尺寸：長9×寬2×高9cm／產地：巴西

貓究竟來自何處？太虛天空、出雲仙境，還是地底精靈？不管你問什麼，貓永遠沒有答案，他鬼魅的眼睛凝視著你，與你深情相望，讓你掉進神祕深淵。

自古以來，無論東方或西方，都有「貓有九命」的說法。一五八四年出版的《留心貓兒》（德國作家巴爾溫）書中說：巫是被許可九次把她自己化身為貓。德國諺語也說：「貓有九條命，女人則有九隻貓的命。」（以此計算，女人有八十一條命。）

英國女作家藹堪絲泰在她的遺作《文字的咒力》（一九三二年）書中第二章〈貓與巫〉中說：「貓在歐洲被當作家畜，其時值母權社會的時代。貓是巫的部屬，其關係極為密切，所以巫能化貓，而貓有時亦能幻做巫形。兔子也有相同能力，所以兔子曾被叫作草貓。」

德國俗諺：貓活到二十歲便能變成巫，巫活到一百歲時又變成一隻貓。

在東方的傳說，以貓每九年會生出一條尾巴，當九條尾巴都長齊了之後，又過了九年，這貓便化成人形。也就是說，這貓必須存活九十年，才能修得正果。

科學指出，一般貓的壽命平均為十六至二十年，最長壽的也不超過三十歲。像這樣九十歲的貓瑞，必然擁有成妖變魔的功力。據傳說，九條尾巴各有其屬性：金、木、水、火、土、風、雨、雷、電。五行之外，還擁有大自然的法力，當然非常了得。

佛經上有個故事：「佛正集諸弟子講經，有一貓蹲佛座下，屏息靜聽。弟子有詢佛緣故，問此貓是否亦通經典？佛曰：貓有靈性，其命有九，人只得其一。故貓之靈性，殊非人類可及耳。」連佛陀都如此讚嘆貓的靈性，可見其來有自。

佛經的《上語錄》也指出：「貓命有九命，係：通、靈、靜、正、覺、光、精、氣、神。」

這裡說的「九命」，應該是針對貓內涵的九種能量，我相信，擁有這些能量也必然產生「特異神力」，貓的九命功法有：隱、現、藏、變、睇、沒、閃、顯、撲，我稱它們為「九字箴言」。傳說人有「三魂七魄」，貓比人更了不得，難怪人類認定貓會幻術，能飛簷走壁、神出鬼沒。

貓究竟能通靈或變巫，這種異能說，中國志怪小說《續墨客揮犀》中有一則記載：播陽龔氏家裡常有妖魔作怪，於是聘請女巫徐姥姥來施法驅鬼。當日天寒地凍，徐姥姥進屋看見兩隻貓在爐邊取暖，才想要開口，家人就說：「吾家百物皆為異，不為異者，獨此貓耳。」

沒料到，兩隻貓聽了這話竟起身面向徐姥姥，打拱行禮說：「不敢。」把徐姥姥嚇得奪門而出。

這兩貓不僅人模人樣，還會說人語，可一下子把巫婆的道行比下去了。拿貓來做「試金石」，是龔家聰明之處。可見貓的魔高一丈。

如今，家貓已淪為寵物，受到人類的豢養與疼愛，那些歷史上記載的九命怪談，早已灰飛湮滅，但貓是否遺忘他的本能呢，貓的遺傳基因是否還有殘存？

在美國的朋友，因為居家環境前後都有大庭院，她養的貓，是採自由進出的方式生活，因此，這貓每天都會到戶外去爬樹、逛街、交誼。並將捕獵的老鼠，當作禮物貢獻在飼主面前。

朋友雖然很害怕老鼠，但曾看科學報告說，貓吃老鼠，主要會得到一種其他食物所無法取代的「營養成分」，原本，貓就是老鼠的天敵，造物者這巧妙安排，應該也算是為了生物存活的美好設計吧。為了貓的健康，朋友只得容忍她的貓，繼續維持「原始」的生活方式。

在繁華的都市裡，只能生活在室內的家貓，儘管完全失去了自然環境的一切，可是他們與生俱來的狩獵本能，依舊存在於他們的基因裡，無法遺忘。

看起來沉著穩定的家貓，有時候卻動如脫兔、野馬一般，凡是會動的東西他都到感興趣，當貓在玩耍時，就顯出一股獵人的氣質，他善於判斷與目標物之間的正確距離，然後以迅雷不及耳的速度飛撲過去，這種姿態，跟大型的貓科動物如老虎、獅子、豹一個模樣，是天生的獵者。

這些狩獵行為，都是幼貓還在哺乳期間，母貓引導其兄弟姊妹們在遊戲中所學習的技巧，現代家貓，很少幼貓有幸可在母貓懷抱，生活到完全學會了生存技術才離開，所以寵物店才有那麼多的「逗貓」玩具商品，便是讓主人扮演

↑ 貓究竟來自何處？太虛天空、出雲仙境、還是地底精靈？（林國彰／攝）
（前）材質：石頭／尺寸：直徑8cm／產地：台灣
（後）材質：絨布／尺寸：長18×寬13cm／產地：日本

母貓角色，在陪小貓玩耍中，激發他基因裡的記憶體。

野外生活的貓，通常會藉著草叢、樹木的掩蔽，用雷達般的五感偵察出獵物的方位，並守候在陰暗的角落，等待獵物接近，以一觸即發的方式突襲、捕獲。即使是會飛的鳥、蝴蝶或蜻蜓，只要被鎖定目標，就很難躲過貓的絕技。

只能養育在室內的貓，如果長期處於空曠而沒有任何高低差距，或任何可隱蔽的房間內，那麼這隻貓會感到很不安，全身充滿了壓力；倘若他又沒有貓伴，或者主人早出晚歸，缺乏陪伴與遊戲，那這貓不僅孤單寂寞，甚至會有憂鬱傾向，因為，他的原始本能無法得到抒解與發展。

所以，養貓最需要理解貓的心理學，懂得貓的心理本能，勝過於供應「溫飽」這些基本「貓權」。主人每天都要空出時間陪伴貓做活動，建構一個貓的生活空間，包括滿足他們可以攀爬、跑跳、躲藏的高低架子，讓貓可以在遊戲中體會自然的想像，即使是「假設」的虛擬情境，也算是主人應盡的義務。

自從家貓的吃食，改成人工「飼料」後，貓的胃口也隨之改變，從小吃飼料長大的貓，對人類的食物並不感興趣，對老鼠、昆蟲等生物，也全無知覺，現代貓已經掃除了「偷腥」的汙名，其實，貓會趁著人類不注意的當下，叼走餐桌上的食物，是均衡的顯示貓對於「興趣與警戒」的兩種情感。

如今，再也沒有這些東西足以誘引貓，以便考驗他內在情緒的健康與否；當貓完全屈服於他的天敵，無視於其他獵物時，貓當然只是一隻「寵物貓」，對於我所稱的「九字箴言」之祖先遺訓：九命神力，現在家貓也僅能意會而無法印證了。

大寂之夜

貓只喜歡以聲音而不喜歡用文字來表達思念，不幸的是，從來沒有一個人想到要將新住所的電話號碼留給心愛的貓。以致「斷了線」，是嗎？

我有一個價值不貲的收藏品，是九九九黃金打造的一隻貓，坐在垃圾桶上。

孤燈、獨貓，昏黃夜色，時間冷凍，彷彿一切來到宇宙洪荒中。

多年來，這一幕情景往往讓我格外思念起那些葬在樹下泥土裡的貓們，孤燈下的黃金貓，其實就是我自己的投射與寫照。

黃金貓與孤燈是被安置在一個直徑十一公分的水晶球裡，水晶球裡照例鋪有雪花，但是搖動球體雪花飄起時，幾乎朦朧一片，貓不見了，燈光也滅了。而觀看這些變化的我，卻如同身處球體內的茫茫世界，我想我能跟著貓隱身嗎？那閃閃發亮的金色光芒，最後從飄落的雪色中漫漫浮出，直到貓的身影完整出現，我才又回到現實，咀嚼失落寂寥的苦楚。

當我閱讀了美國詩人華特・黛拉・梅爾的一首貓詩，感受到詩人特有的觀察力，正猶如這黃金貓守著孤燈的境界。這首詩的題目是〈五隻眼睛〉。

內容描述了夜裡老漢斯的三隻貓克盡職守的過程。

這三隻貓只有五個眼睛，因為其中一隻名叫「吉爾」是獨眼龍。

詩人沒有講述獨眼龍的故事，但是從磨坊的環境可以反映出貓與主人都老了，他們彼此相依為命的生活，道出了人貓與共的不朽情愛。

二十世紀都市興起，人類生活隨著科技時代的來臨而有了大變遷。農村的沒落後更直接影響家畜的生活樣態，最可憐的莫過於被視為「經濟

↑孤燈下的黃金貓，在夜色中咀嚼著蒼茫的寂寥。（盧紀君／攝）
材質：玻璃／尺寸：球體直徑14cm，座高16cm／產地：香港

體」的動物，如：豬、牛、雞、鴨等等。但貓狗也沒能倖免，他們從半野生的自由空間，一下子步入了「寵物」的囚居時代。家貓是人類經過千百年革新後的成果，他們努力適應著都市生活，好在貓能夠編織想像空間，優遊在狹小室內也能對生活充滿憧憬，只要擁有主人的愛與關懷。

但有一位觀察家發現人貓之間的有趣現象：貓與人之間並沒有共同的語言；貓沒有幫助人類生存的技術，因為他既不會守護獵物，也不會看管家畜與財產，還要分享人類辛苦經營的成果。

這位觀察家還發表他的結論：人貓關係完全基於人類心理上的需求。他說：「人們在動物園中養大貓，在家中養小貓，將他們餵得飽飽的，還取了一個很可愛的小名來呼喚；人們對貓只有一個要求：成為忠誠伙伴。人們讓貓睡在自己的床上，並和朋友交談貓的話題，貓是他們生活中非常重要的一分子。人們在決定搬家載貨單時，床、音響、貓都是一成不變的項目。」

當愛貓族越來越多之後，貓的忠誠度也開始被質疑，很多人都拿狗與貓類比，說貓只能同甘，不能共苦，當環境舒適時，他會表現得十分重感情，但是環境惡化，他就會選擇離開。反駁的貓迷，也能立刻搬出歷史上有記載的「忠貓」故事，證明堅守人情與道義的貓。

比如在法國就有一隻名叫佛莉彭的貓，隨著女主人的靈柩送葬到墓地，此後，每週日他都會跟男主人到墓地陪伴，之後男主人再婚了，貓則獨自前往，從未間斷，直到被發現凍死在墓地旁。這個故事一如「忠狗小八」風雨無阻地死守車站。其實，小八難道不知主人已經無法歸家了，他的等待是為了明志，為了忠於他的信仰。

貓迷們平常雖甘於當貓的公僕，或所謂的「貓奴」，但難免也會自問：經過這多年的餵食、醫護、愛撫、呵護與疼愛後，貓是否認得主人？

有些愛貓族深信貓是高智商的生物，不盡會認人，還會聽人語呢。貓每天都會為主人等門，開心的與主人耳鬢廝磨，熱情地對人喵喵叫。但是憤世嫉俗的人卻認為貓不能離開人獨居；貓不是對所有人友善，就是對所有人都不友善；貓只會想到自己；貓喵喵叫並不是歡迎主人回家，那只是貓自我滿足後發出的聲音，而且貓並不希望與人分享。

這令貓迷困擾的問題，有一本寫於一九四一年的書正好做了解答。這本名為《貓是否認得人》的書，是由法國學院教授安東尼・巴比森所撰寫，巴比森教授將一生的精力，投注於幾個和貓相關的重要問題上。

對於「貓是否認得人」這個重要問題，他的結論是：貓的確認得人，但是他寫道：「我必須為貓何時認得養他的人下一個結論，貓大約在五千年前就開始模仿人類的行為，他們絕對可以認得貓主人，只是有時他們故意假裝不認得，而使人們產生錯覺；有時他們會忙著做自己的事，希望你以為他們太忙以致於忽略了你的存在。」

關於貓主人去世後「貓是否會記得主人」是另一個惱人的問題，不過答案是相同的：他們會記得的。巴比森教授寫道：不過，貓只喜歡以聲音而不喜歡用文字來表達思念，不幸的是，從來沒有一個人想到要將新住所的電話號碼留給心愛的貓。以致「斷了線」，是嗎？教授幽默的註解裡，其實流露了哀傷。貓比人類短壽，這是通例，誰會想到也有可能人比貓先行入土，就像佛莉彭的主人，未必希望她的愛貓因為無法忘懷主人，而如此跋涉堅守墳塋。

人貓都在有生之年，珍惜相互陪伴的日子，這才是最美的幸福，要討論貓對人類忠誠與否的議題，就請到了天堂自行試煉了。

愛的毒癮

貓能感知你是否夠耐心，還是只是在應付，
如果他直覺你漫不經心，或他感覺你沒有心思，
貓忍受不了機械式的動作，這時，貓會立刻起身走開。

貓的腹部每一平方公分約有二百根毛，而背部則只有這密度的一半，其根部牢牢地收在感覺神經細胞裡。毛和毛之間一平方公分約有七至二十五個觸點，且有多達十二種的神經能感受刺激，也就是能感覺到觸、摸、抓、推、戳、掠、撫、摩擦、搔、刮、梳、爬……等的神經。

輕輕地撫摸會引起貓多種感情的連鎖反應，如果你把自己化身為被撫摸的貓，一定能說出這樣的感覺：「開始是間歇性的煙火，突然間啪地一

聲就閃爍起來，馬上周圍其他的煙火也陸續引爆。有時候在中間會插入一些休止符，但漸漸的煙火變得極為豔麗，最後好像盛開的花一般，怒放的神經和激情的熱血之間火花飛滅。天空出現了激越的奔流、噴泉高高擎起，旋轉的火輪……而後，水滴、雨露、星星、月亮、太陽，風起雲湧。」

這些描述雖是聳人聽聞得誇張，但這一幕其實也是科學的冷靜分析。貓在被撫摸時，肌肉放鬆，緊張消除，而唾液的分泌會很旺盛，消化活動也變得活躍，所以，母貓為了要幫助小貓消化，時常撫觸他、舔他，對母貓來說，這是她與孩子加強感情連繫的效果。

撫觸、舔舐不但能保持清潔，也是小貓成長期不可或缺的「愛」。人也是一樣，心理學家說：「在缺乏愛的生活下成長的小孩，長大後會充滿怨恨。」

大人的擁抱與撫慰對於孩子來說，是表達一種「支持與安全感」的肯定，身體的接觸能讓孩子充滿自信、體會愉悅的感動。

但是，有些貓會有像「愛撫中毒」似的情形。

「很多貓對被撫摸這事感覺就好像吃了嗎啡或鴉片一般。」動物行為學家的研究報告說。貓之所以圍著我們的腳繞來繞去，把脖子靠上來磨蹭，就是要求被撫摸，撫摸貓的身體，是貓最大的享受。如果這時我們如他所願，把他抱進懷裡，他就會像嬰兒般，服貼而捲屈，狀似在吃奶。而人懷抱嬰兒一般大小的貓，也有如同回到「子宮」情結的滿足。

受撫摸就好像蓮蓬頭灑下熱騰騰的水淋浴身體一樣。在氣功的功法中，有一個基本的暖身動作就是：冥想正在淋浴，水從高處灑到全身，經

↑ 貓享受如波浪推拿的愉悅。（盧紀君／攝）

材質：金屬
尺寸：長11×寬5cm
產地：美國

← 貓感受撫觸時，肌肉放鬆，緊張消除，消化活躍。（盧紀君／攝）
材質：金屬／尺寸：長11×寬5cm／產地：美國

過頭頂、肩膀、胸背、腰腹、大腿、小腿、腳趾、每一個毛孔……撫觸正如在音波水池裡，以波浪的起伏來「推拿」，要讓貓體驗這種感覺，唯一能替代的就是人類的手，運用手指與手掌，有節奏的在貓背、頸部、尾端、四肢、腹部等處溫柔的按壓、推拿，這時你就是波浪、就是太陽，貓永遠會記住，且會有回饋與報恩。

那一年，搬到大坪數的新家之後，便有不同來處的四隻貓陸續的進駐，我的臥室有面南的落地窗迎接晨曦朝陽，即使到傍晚，都還有斜陽溫潤的照臨，貓們最愛在窗台打盹，每天清早我會有一個小時的時間為貓上「梳毛、按摩」課，這也是我們揭開快樂一天的序幕。

「五爪按摩術」是我經驗豐富後研發出的獨門功夫：運用五指置放在貓背，像梳子一般，張開的五指從頭頂沿著脊椎往下梳，靠的是手掌的力道作為彈性施力，在梳的過程中還可左右扭動，一如震動效果，並時有按壓。貓只要聽到我說「五爪按摩術」這個名詞，都爭先恐後的擠到面前，可見貓不但聽懂人語，甚至記憶了我的功法。

為貓按摩剛開始動作一定要很輕柔，貓能感知你是否夠耐心，還是只是在應付，如果他直覺你漫不經心，或他感覺你沒有心思，貓忍受不了機械式的動作，這時，貓會立刻起身走開。

所以，貓肯開懷讓人服務，似乎要有條件的，當你不明白他到底接受還是不要你打擾，這得看你們之間的親密與信任程度，或許，你們都必須嘗試相互協調，以便理解貓的心境與需求。

當人們張開五指，用手掌撫摸貓時，接觸到的只是他的皮毛而已，實際上這實在不算撫摸。貓毛由於帶著靜電，所以會倒立，必須用指腹來撫摸才是訣竅，而力道的大小掌控，視貓的反應作調整。

從背部開始，頭、臉頰、脖子、耳朵、手腳、肉墊、尾巴，每一方寸都不要錯過，只要聽到貓發出呼嚕呼嚕的聲音，很滿足的神情，就表示你的按摩力道是對的，但是，貓的呼嚕聲音並不見得都是愉快、幸福的象徵，有時貓生病了很痛苦，但他們不會人語，便也會用呼嚕聲音來表達，這時，我們要很專注的聆聽與辨別。

有的貓對於撫摸有「敏感」症，往往會因過度刺激而出其不意的逃脫或反擊，這時就不要勉強他，並且試著去瞭解他能接受的分寸。

總之，與貓生活，使我學習到凡事「細膩」與熱愛「研究推理」。遺憾的是，擁有四隻貓的我，在幾年後，也陸續地失去了他們，目前只有小乖還陪伴著我，每天「五爪按摩術」的功課依然如昔，但是少了分享的同伴，趣味似乎平淡許多，好在貓本性淡泊，不求不伎，瞭然於單貓家庭的愛與寂寞。

看穿一切

他淡藍的眼珠，時而像堅硬的晶體，時而像流動的清水，
他的個性也跟著如是淡泊，不慍不火，不求不伎，
有如得道高僧，看穿了世間的一切。

有人不敢正視貓眼，覺得閃爍光芒的貓眼隨時會有鬼魅現形，連非真貓的貓偶都覺得不安全。我的收藏中，幾隻逸品鑲著有寶石的貓眼，發著冷光，既古老又現代。

無獨有偶，我家小乖的眼睛是屬於很淡的藍色，像稀釋的水彩畫在紙上，有一種透明感，加上他全身白色被毛，好像是不存在的「透明貓」，難怪看起來這貓時時都在放空、魂不守舍，我想就是眼珠的顏色賦予人類

是視覺印象。

但是小乖很喜歡趴在我的胸前，與我近距離的凝視，當我們四目相交，我們好像可以進入彼此的思維裡，倘佯在言語之外的天地，感受著各自的心事。

貓是現代都市空間適宜的居家寵物，但是回想從前，人類自古以來對貓的感情，卻是愛憎參半，因為貓這種動物，從外型看，雖然形似老虎，但貓毋寧比虎更能令人引起聯想，老虎生活在曠野、森林，與人距離遙遠，雖然兇猛無比，但不致威脅到人類的生活；貓卻與人生存在同樣的環境，並且登堂入室，能與人結成密友，也能成為敵人。

又因貓出沒無常，走路無聲，中國人稱之為「九命怪貓」，以形容其身賦異秉，無論跑、跳、摔、撲，像個十項全能者，刀槍不入。貓的瞳孔更會隨光線變化而產生神祕而詭異的色彩、形樣，而人類就彷彿受其招魂般，對貓之瞳孔的光芒有著無限的遐想與幻象，關於貓眼的迷信之說便在各地流傳著。

貓眼被認為是所有生物中最具神祕性的器官，貓眼的顏色大致歸類為：「寶藍色sapphire blue」、「藍色blue」、「綠色green」、「金黃色gold」、「古銅色copper」、「淡褐色hazel」、「異色odd eyes」，在這七大類之外，還有漸層的千變萬化，貓眼的色彩比擬天然寶石，甚至比人工或電腦調配的色譜還複雜。

貓的眼睛閃耀著像月光一樣的光芒，當我們遙望星空凝視滿月時，它流露的是一片冷寂與慘淡，可是越拒人於千里，越引發人們的嚮往，那份遐想即使在人類登上了月球，揭開了真實的面貌後，依然沒有停止大家對月光的浪漫想像。

希臘人和羅馬人曾將貓視為他們所崇拜的月神的化身，他們甚至相信可藉著貓眼的變化來推算出時間。古老的不列顛人則用同樣的方法來算出人的命運，這些命理師或星象家，對長得跟貓眼一模一樣的「寶石」非常著迷，取名為「貓眼石」，貓眼石是一種很珍貴而又奇異的寶石。在珠寶界，它是專指「金綠寶石」中具有「貓眼效應」者而言，「金綠寶石」是一種含鈹、鋁的複雜氧化物，在光源下，顯現與貓眼現象相同的神祕「活光」，價值高昂而稀有。目前已知，具有貓眼效果的寶石大約有二十多種，但除了「金綠寶石」之外，其他的皆不能直接稱為「貓眼石」，必須在前面加上如：「紅寶石貓眼」，可見貓眼的魅力在人類的文明中，扮演舉足輕重的地位。

在人們歌頌貓眼的時代，也有人把貓眼的光澤與魔鬼聯想一起，尤其認為在晚上凝視貓眼裡的光芒就有如瞥見地獄的火燄一般，這種光芒使得貓在極度的漆黑裡也能看得見；這種能力被視為是惡魔的法力。

其實，要貓在全黑的環境中也看得見東西，是不可能的，因為所有的能見度都是光源投射到視網膜的反映結果，貓一樣必須仰賴光源，只是，貓眼在低光度下功能較好，他們的視力只有人類的十分之一，對物體的辨識度並不高，但是貓以敏銳的聽覺與嗅覺彌補了這個不足，可見貓的完美，來自於各器官發揮了結構組合的功能，而非單一強項的決定。

因此，把貓眼歌頌為「月神化身」，或者貶抑成「惡魔法力」也罷，古早的迷信，都在科學時代來臨後，一一被揭穿了，貓眼不僅發出了「冷光」，還給人「看穿一切」的穿透性，確實讓人不寒而慄，然而，貓眼的真相是：他們只能看清前方約十到二十公尺的靜止物體。

如果當你在路上與你家的貓相遇，發現貓不理不睬，可不要誤會他的情感，他是真的沒看見，並非當作不認識故意要耍大牌，這時，若你出聲叫他名字，他一定就立刻奔跑到面前，親熱的跳到你懷裡呢。

小乖還是年幼貓的時候，經常聽而不聞，自顧玩耍，也不理會其他想親近他的貓兄貓姊，我們曾懷疑他是個「白子」，將會有目盲或耳聾的缺陷。長大後，雖然檢定基因沒有問題，但他淡藍的眼珠，時而像堅硬的晶體，時而像流動的清水，他的個性也跟著如是淡泊，不慍不火，不求不伎，有如得道高僧，看穿了世間的一切，而寧願捨棄肉身，靈魂出竅的遁入不為凡人所知的天地。

↑戴上了眼罩，貓依然可以透視人間。（盧紀君／攝）
材質：瓷器／尺寸：長9×寬9×高14cm／產地：日本

貓耳朵

貓本身就是「天籟」的享受者，
悅耳的旋律讓貓安靜放鬆、沉沉入睡，
如果聽到刮鍋子的聲音則逃之夭夭，甚至會記恨一輩子。

二〇〇二年的五月，我專程飛往英國，為了恭逢《貓》音樂劇在倫敦最後一場的演出。

安德烈・洛依・韋伯（Andrew Lloyd Webber）所製作的《貓》（Andrew Lloyd Webber，Cats），這是以詩人艾略特（T.S.Eliot）的詩作〈群貓譜〉為故事內容，韋伯依照每隻貓的特性，編寫出一齣音樂劇，劇中的角色，都是由舞者演員扮演貓的模樣登場。貓劇於一九八一年在倫敦歌劇院首演，每天兩場，如此二十一年不曾間斷，總共演出了八千九百四十九場。二〇〇二年五月十一日慶祝二十一歲生日的這天，貓劇在倫敦歌劇院演出最後一場，便落幕畫下句點。我能躬逢其盛，一睹這如此長壽的歌劇，也算大開眼界。

結束倫敦的演出後，貓劇因應世界各地的邀請，開始全球巡迴，它曾在二十六個國家以十一種語言表演，二〇〇四、二〇〇七年也曾兩度來台演出。

回想自己為了瞻仰大師的《貓》，不計代價的行徑，也只有「年輕」才有這瘋狂的本錢。以「貓」為名的音樂創作並不多，比較出名的作品，如音樂大師多明尼加．史卡拉第（Domenico Scarlatti）的〈貓兒遁走曲〉（又稱〈貓兒賦格曲 The Cat Fugue〉），他將貓在鋼琴鍵盤上「走」出來的音符連接起來，成為創作這首樂曲的靈感來源；歌劇大師羅西尼的作品有〈兩隻貓的戲劇二重唱〉（Gioacchino Rossini, Duetto Buffo

Di Due Gatti）；史特拉文斯基的作品〈貓頭鷹與貓〉（Igor Fyodorovich Stravinsky, The Owl and the Pussy-Cat），現代音樂劇大師韋伯的《貓》一發表，便格外的受世人矚目，加上它直接以「貓」為劇名，渲染力遠播，劇中的諸多曲子除了有大牌名歌星為其演唱外，它們在樂迷與影評人之間，都受到極高的評價，這些動聽的主題曲，後來也成為許多電影的配樂。

還有許多作曲家是利用音樂來模仿貓的聲音或動作。柴可夫斯基在芭蕾舞劇《睡美人》中，有七段音樂以管弦樂的方式表現貓的叫聲，芭蕾舞步自然也是依照貓的動作來設計；普羅高菲夫（Prokofiev）在設計《彼得與狼》（Peter &the Wolf）中貓的主旋律時，採用大量的圓滑線與跳躍符號，並選擇低音渾圓的單簧管來演奏，完美呈現了貓神祕、優雅卻不失靈活的動作；拉菲爾（Ravel）除了設計以管弦樂表現貓的叫聲外，更要求作詞者更改歌詞，希望能更忠實地表達貓的聲音，達到最佳的演出效果。

各種音樂型態中，透過音樂、歌詞、肢體綜合表現的音樂劇，是最能展現貓所有特性的手法。在巴洛克音樂大師巴哈的作品《咖啡清唱劇》（Coffee Contata）中，麗絲恩（Lieschen）與父親（Schlendrion）合唱著：「貓離不開老鼠，姑娘離不開咖啡。」用貓與老鼠的關係，既簡單又深刻的表現出麗絲恩與咖啡的微妙關係。

到了近代，《英國的貓》是以巴爾薩克（Honore de Balzac）小說為腳本所改編的歌劇，不但是小說改編為戲劇之始祖，更影響後世經典音樂劇《貓》的誕生。

↑一團五貓的演奏樂手。（盧紀君／攝）

材質：瓷器／尺寸：長5×寬3.5×高9cm／產地：日本

經由詩人、劇作家、音樂家、舞蹈、演員的藝術創作，貓與音樂的關係顯得悠遠深厚，確實，貓本身就是「天籟」的享受者，悅耳的旋律讓貓安靜放鬆、沉沉入睡，如果聽到刮鍋子的聲音則逃之夭夭，甚至會記恨一輩子。

貓對於美聲的需求，顯現在他們接受人類溫柔的語調，若你對貓怒罵尖叫，那就是信任的崩壞、愛的斷裂，輕聲細語是建立人貓感情的基礎，天生對噪音極度敏感排斥的貓耳朵，到底有怎樣的祕密？

北方館子中，有稱為「貓耳朵」的麵食，南方人起初很納悶，瞭解後才知道原來是指形狀做成有凹痕如小斗般的麵食，在口感上可與一般麵條區隔，而這「小斗」剛好形似貓耳朵，所以，便如此稱之。另外一種類似的麵食，叫作「麵疙瘩」，往往會被誤為就是「貓耳朵」，其實這兩樣作法是不一樣的，「貓耳朵」必須先經過手工的力道，一個個捏出形來，再煮熟，取小薄、緊實為其特色，「麵疙瘩」則是將麵糊至於碗中，直接用筷子一一湍入滾水中煮熟，是片狀、柔軟的口感。

在貓的生態中，貓耳朵確實也很特別，它具備了貓擁有「特異功能」不可或缺的零件，貓耳內的「三半規管」這個器官所表現的能力是貓神祕寶藏中最為卓越的。平衡感絕佳的貓，能夠在極窄的懸樑上步行，並且做出漂亮完美的著陸動作，都拜此之賜。

貓所具備的「特異功能」之一，就是平安無事地從高處往下跳。即使呈仰臥或摔落，也能以四腳穩當的著陸；這是因為在跌落的瞬間，貓可以警覺地將頭部整個回轉，使得身體在半空中進行翻轉動作，而取得安全的姿勢，以手足落地。

這要歸功於貓耳朵深處的「三半規管」所發揮出的平衡訊號，讓貓足以調整身體的姿勢，避免受到跌落重擊的致命危險。雖然這種器官人類也有，但是貓的三半規管所發揮的功能卻比人類的強上好幾倍，而且，這種器官在貓剛出生時就已具備完整。

貓從高處摔落卻能平安無事的這件事實，在科學家還沒有研究解說原因的古早時代，人類對此非常震驚，而視貓為有「功夫」的「靈異魔怪」，但是，貓其實也為了這個行為要擔負很大風險，如果跌落的速度與距離高度沒有一定的比例，是非常危險的，通常，不是跌得四腳朝天，內臟破裂出血致命，就是臉部著地，下巴撕裂重傷。

因此，貓在摔落的瞬間，會以四隻腳掙扎了一陣子，並伸展指間距離以便於增強空氣中的阻力，使得落下的速度變緩慢，而有時間、空間去調整他的身體，使在著陸之時，能夠以身軀當作降落傘，讓四肢平穩地落地，而保住了性命。

如果以惡作劇的方式把貓扔下樓，或者開放陽台，那便是悲劇一場；對於貓而言，這種「輕功」不過是野貓時代的求生本能，現代家貓，早已被人類剝奪了很多原始技能，貓的生命如今也變得脆弱無比。

靠著靈敏聽覺的貓，可以聽見人類無法辨識的聲音。人類的耳朵僅能接收兩萬赫茲的音波，而貓卻能聽到五萬赫茲的超音波（狗更可接收七萬赫茲）。

貓平時經常的東張西望，我們以為這是無聊的舉動，其實，這就是貓對發聲體極端敏感所致，他會先加以判斷後才行動，即使沉睡的貓，也能聽到主人回家的腳步聲，而起身到門口迎接。

貓耳朵，牽動了貓的行為模式，也傳達詭譎莫測的神祕感，說貓是天生的音樂家，相信沒有人會抗議。

↑貓提供藝術家創作的靈感，但貓本身更是「天籟」的享受者。（盧紀君／攝）

材質：瓷器／尺寸：長7×寬7×高10cm

產地：美國

貓說人語．．

有的貓即使沒有對象在身邊，
只要醒來，就會對著空氣說個沒完，像是個自言自語的說書者，
又像是在編曲作詞的音樂家。

貓的儀態優雅，靜如泰山，動如奔馬，只需依照他的形貌，就能創造千千萬萬讓人類愛不釋手的美姿玩偶，市場上永遠不缺貓的藝術品或工藝品，在這些貓山貓海的寶物中，要表現張口出聲的貓，還真是少有，倒是有一種內裝電子鳴叫器的絨毛玩具，在底部設有可按壓的鈕，便會發出維妙維肖的喵喵叫聲，但是如此硬生生的人工寫實，也就失去了想像空間的美感。

有一陣子，網路上常有「貓說人語」的奇觀之作，我最難忘的是：有一隻黑白胖貓，為了抵抗洗澡，而一邊掙脫主人夾住身體的手臂，一邊啐唸：巧克力、巧克力……這三個字聽來非常清晰，但令人莫名所以，只惹得哄堂大笑。有一隻貓則是自言自語的說：我愛你、我愛你……

我也常寄予我家小乖貓說人語，為了鼓勵他，我與他的對話總是使用「問的方式」，有一次問他：「你今天有想念媽咪嗎？」，聽到的回應是「喵，嗚……喵，嗚……喵，嗚……」一連三聲拉長尾音的「嗚，可不就是台語的「我，有……我，有……」嗎？這且是千真萬確的「肯定句」呢，令我十分的欣慰。

貓的表達，除了身體語言之外，最直接的語言就是「聲音」，「貓叫聲」是貓與同類之間的訊息交流，或向異類表達自己情緒與要求的重要工具，有的貓很「聒噪」，看到人便「喵喵」不停，這種貓會撒嬌，十分親人，也象徵著他很有自信，理直氣壯地要求著被人疼愛；有的貓即使沒有對象在身邊，只要醒來，就會對著空氣說個沒完，像是個自言自語的說書者，又像是在編曲作詞的音樂家，這種貓喜歡獨處，很能隨遇而安、自求多福，是貓界的「作家」，正在用聲音編織他的魔幻小說稿。有一種熱愛學習的貓，看電影裡狼犬對著月亮嚎叫，也會有樣學樣，挺起脖子、張大嘴作「狼人」模樣呢。

但處處都市化之後，能存活的野生貓幾乎絕跡，我們也就越來越難聽到貓的叫聲了，現在更多的寵物貓，幾乎是「不聲不響」的啞巴貓，很少「出聲」的貓，或許因為都來自養殖場，年紀輕輕就被主人送到獸醫院閹割、結紮了，他們一生從未經歷求偶的叫春，也未曾有過被呼喚的期待，更別說需要作什麼「回應」，他們的情緒被扭曲成「平平」的，待在家屋這個大籠子，溫飽無慮，也就失去了高潮迭起的冒險之樂。他們以靜默之姿，用不吭氣的異行為來為這些被剝奪的本能，向人類傳達「反抗之聲」？

↑ 貓擅長用各種頻率的聲音與人類對話。（盧紀君／攝）

材質：布質／尺寸：長40×寬24cm／產地：日本

中文最早稱「貓」這個名詞，是取其叫聲的「ＭＡＯ」音為「喵」字，後來才改為獸字旁的「貓」。可見貓的叫聲，是中國人最早辨識其特質的地方，因為，「喵」聲雖是單音，卻有包羅萬象的涵義，短促的一聲，可能是在打招呼，拉長音節時可能是表示「不玩了、生氣了」，再強烈一點的，就乾脆是一種命令：「我餓了，快上菜吧！」，倘若忽然發出高昂尖銳的叫聲，很可能是貓遇到危險，感到恐懼的求救之聲，如果壓低喉嚨，斷斷續續的慘叫，可能是受傷痛苦的呼喊。

有時同樣的叫聲，卻因所處的環境、時空之不同，那叫聲的涵義便也是不同的，主人對其要表達的心情必須很注意，才能體會出貓用叫聲與人對話的細膩感情。通常，主人平時要多多與貓面對面的談話，雖然各自使用不同的語言，但只要是同心協力的在溝通，就能感覺情感的交流，是超越語言的，尤其練習傾聽在不同處境下的貓叫聲，加上貓的眼神、面部表情、身體行為等多種訊號的連結，其實不難翻譯出貓究竟在說些什麼，貓的語言奧祕值得人類用心去拆解。

因此，有動物學家出版「貓語辭典」類的工具書，提供養貓人理解貓的心理，能隨時與之溝通，但貓的需求並非只用聲音表達，貓的行為才是詮釋「貓語言」的百科全書。舉凡從「五官表情、全身動作、坐姿、臥姿、睡姿、尾巴」等肢體的傳達。

但如今，貓的聲音已經獲得科學家的研究成果：家貓想要使喚主人的時候，會發出一種尖細的高音，這種與平時叫聲不同的聲音，會讓人類必須正視貓咪的需求。

科學雜誌曾經刊載一篇報告指出，有些家貓肚子餓的時候，會在平常的叫聲中，摻了一種高音，這種混音其實就是貓咪向人類索求的訊號，因為這種聲音尖銳刺耳，讓人無法「聽而不聞」，會即刻去把貓碗裝滿端給他。

負責研究的教授表示，她每天早上都會被家裡的貓叫醒，她發現朋友養的貓也會發出一樣的叫聲，這引起她研究的興趣。她和研究團隊先讓十個飼主錄下自己的貓討食時和平常時發出的叫聲，然後再把這些叫聲用錄音機放給其他五十個人聽。結果是，從未養過貓的人也能從中分辨出「討食時的叫聲」。

發出混有高音的貓，發現這招管用後，他會叫得更「誇張」，貓似乎對於每一次都得逞的結果，既得意又滿足。

有趣的是，此項研究報告，還有一項是：單身家庭裡的貓，比起人口眾多的大家庭裡的貓「更喜歡玩這種把戲」，也就是貓其實看準了單一主人更容易被使喚。

許多養貓人士，都心甘情願做「貓的僕人」，讓貓使喚不打緊，反而被視為一種榮耀呢。

我不是你的僕人‧‧‧‧

貓來到了人類的洞穴口，
說道：「我不是你的朋友，也不是僕人，
我是獨來獨往的貓，但我希望住進你的洞穴。」

貓很能自得其樂，想遊戲的時候，一個小紙團便能當玩具，即便只是出門踏青，也會在路上編織假想敵，開始與這虛幻對手玩追趕跑跳碰的野戰。

日本設計家保野溫子（Atsuko Matano）好像就是從這裡出發，她以擬人貓的分齡區隔，設計出女性鍾愛的生活雜貨，青春女貓，時髦裝扮，就安排在女性貼身的軟件，如手帕、提袋、圍巾、手套，襪子等等，中性貓則安排在廚房的杯盤瓷器或文具上，而可愛的幼貓便出現在毛巾等浴室用品。

其中最大宗的布玩偶，不僅貓臉、肢體都有表情，還能在衣飾的設計，讓粉絲想像情境，模擬出自己的故事。

這些既賞心悅目又富有療癒功能的貓商品，果然征服了人心，但大家也明白，跟我們人類同居了幾千年的貓，他們並未被馴服，也從未顛覆過自己的本能與性格。

生性獨來獨往的貓，在他的字典裡，沒有「勤勞」、「工作」、更沒有「黨派」、「團結」這些字眼，然而，儘管貓給人是「冷漠」、「無情」的負面印象，但貓其實也會「諂媚」、「撒嬌」，這些「能伸能縮」的本事，就是跟人類生活幾千年來的學習心得吧。

很難相信，在十六世紀之時，很多繪畫中畫著貓靠在窗邊，守著臥室裡熟睡的「嬰兒」，有的則是畫貓很吃力地抱著手足舞蹈的嬰兒，有的孩童追著貓遊戲，更多的是貓伏臥在幼兒的身邊，大大的眼睛盯著戶外的夜空。這些貓畫都把貓型塑成「守護神」的地位，與更早初時代，貓在人類社會扮演的玩伴、受崇拜的角色，實在相差十萬八千里。

在一些文獻中顯示，貓在歷經了長達幾百年「被虐殺」的黑暗時代之後，貓學聰明了，他以能和小嬰兒和平相處的優點，向女主人證明他的價值。當時人類經歷了「鼠疫」的黑死病，心中充滿了恐懼，看到老鼠天敵的「救命貓」，無不又感激又興奮，養一隻在家貓，就可以免於嬰兒不小心被老鼠咬傷了，或其他動物的入侵。

其實，在數千年前的埃及即發生類似的事件，貓擁有的本事裡，有跑得快、但不具攻擊性的特色，這使他們成為最適合的嬰兒褓姆，「對外凶猛，對內溫馴」，這是貓成為嬰兒褓姆最佳的註解。儘管貓也擁有獵人般置人於死地的技藝，他卻能忍受不懂事幼兒的戳刺、拉尾巴、勒脖子等等舉動，遂以贏得了孩童父母的歡心與信任呢。

本來貓最怕孩子的尖叫聲，而且沒有分寸的捉弄也令他很感冒，但是擁有溫馴基因的貓卻全然地接受，彷彿天生就是來當「褓姆」的天職。他們通常陪著孩子一起長大，當孩子成年了，這貓卻老得要離開人世間了。

↑ 貓生性獨來獨往，自我浪漫。（盧紀君／攝）
材質：布質／尺寸：長12×寬12×高24cm／產地：日本

沒有人能確定貓在怎樣的情境中，為何會與人共處一室，成為人類懷抱裡的溫柔小老虎。一九〇七年榮獲諾貝爾獎得主的英國作家羅德亞德・吉卜林（Rudyard Kipling，一八六五至一九三六年）所撰寫的《獨行的貓》書中，他以人類初期文明為背景，以半神話的方式描述：貓是最後一種願意放棄野外險峻叢林而與人類共處換取溫飽、保護的動物。當其他動物都搬進新家，成為人類馴養的工作「畜生」後，貓來到了人類的洞穴口，說道：「我不是你的朋友，也不是僕人，我是獨來獨往的貓，但我希望住進你的洞穴。」

最後，貓走入人類社會，獲允條件卻比其他動物來得嚴苛，當時正逢文明與野蠻的交界。「他會殺老鼠，但在屋子裡，卻對人們的小寶貝十分溫柔，只要小孩子不用力抓他們的尾巴，他就不會突發兇性；然而當夜晚來臨時，貓就會獨行，此時任何地方對他而言都是一樣，他可能會走入叢林，也可能爬上樹頂或屋簷，搖著尾巴，獨自走著。」吉卜林如是說。

這個故事可為早期人與貓結合的情景描繪出大致的輪廓。會為自己準備安居之處的埃及野貓是獨行的肉食動物，在進入人類社會之前，他並沒有太艱辛的歲月，他就像獅子和老虎一樣，靠本身的技巧與智慧去獵取動物以求溫飽，不像狗，已被人類精緻的文明所同化，而且他們在狩獵、撫養、教育幼兒時，都以優雅的方式進行。野貓天性孤獨，而這正是貓進入人類社會後所保留的諸多特性之一。貓受大多數人們欣賞的特性，就是他們在野外求生的本能。

至今，現代家貓已是野貓演化許多代之後的後裔，人們也成功地使用科技改變了部分貓的天性，使他們更符合人類的需求，而家貓殘存的野性只是向人證明他們永遠的個性風格。

可見，貓的特立獨行其來有自。貓是夜的獨行俠，黑暗、孤獨加上他們能將「冷漠」自給自足，毫無所求，這就是人類至今無法沒有貓為伴的理由。

好鼻獅・

貓心思天馬行空，當孤獨寂寞時，
他們可以製造出一個「假想敵」在眼前，
然後順著想像力的延伸、在虛擬的對峙中，做一番「敵我」殊死戰。

「好鼻獅」是閩南話針對嗅覺靈敏之人的讚美俚語，是名詞也是動詞，其實「獅」應該是「師」的同音妙用。網路上看到一則測試人類嗅覺極限的科學實驗報告：人類的鼻子能夠分辨至少一兆種氣味，遠遠多於近一世紀以來，大家認定的「一萬種」。

平常我們所聞到的氣味，都是由許許多多味道的成分融合而成，據說玫瑰的香氣是由二百七十五種味道成分共同和諧構成，一杯咖啡則含有四百至五百種味道成分呢。可是一般人其實無法這麼精細地去辨別，尤其在空氣汙染嚴重的都會裡，人類的嗅覺早已經遲鈍、麻木不靈了。

現代科學數據表示人類嗅覺的厲害，但老祖宗卻以「獅」來形容「好鼻」呢，可見古早人類以猛獸為尊，獅子是萬獸之王，必然嗅覺是一等一的靈敏。既然用了「獅」字，就難免要拿「獅」的同宗兄弟「貓」來印證。

我家一隻名叫「仙草」的貓小姐，對柑橘科特別敏感，只要準備剝橘子，或切檸檬，動作尚未開始，她即走避逃跑，另一隻「小乖」則對牛奶好感，才要旋開瓶蓋，他已經喵喵叫我端給他喝了。

嗅覺是貓出生時，最先開啟的感官，乳貓又聾又瞎，他們憑著鼻子找到貓媽媽的乳頭；貓鼻子也用來感受溫度，並且解讀各種訊息：飲水是否有毒、野草的藥用功效、食物的新鮮與腐敗；求偶時發現附近發情貓的方位、利用噴尿做記號的地盤標示，提供彼此以嗅覺分辨的規範，以及偵測敵我的安危處境。

嗅覺是野生動物掌握生死存亡的關鍵，它必須非常敏銳才行，否則就會被淘汰。迷途家貓的歸巢能力，曾經讓人類視為妖之魔力，原來貓也是利用嗅覺機能辨別方位、追蹤返家的路線。

但是貓如果遇到「貓薄荷」，就會進入一種迷醉狀態，這種植物引發有如吸毒或服用迷幻藥的興奮，讓貓失去嗅覺的判斷，如果是三個月內的幼貓則受不了刺激導致心臟麻痺死亡。

貓的嗅覺器官，除了鼻子之外，還有隱藏在口腔裡被稱之為「賈克布森氏器」，這個嗅覺器官針對特別細微的氣味，如颱風、地震的預報，受到誘引準備捕獵之前的動作，或者兩貓的互動告知、對方性慾狀態的偵測，它會觸引凡貓科動物特殊的「佛列門反應」：當貓嗅到某種氣味時，嘴巴忽然半開，眼神迷離，臉部呈現呆滯的表情，接著上下牙齒微微顫抖，鎖定那由空氣的引導將氣味傳入位於門牙後方上顎的「賈克布森氏器」，再透過鼻腔，指揮貓有所行動。

貓會快速地舔舔嘴唇，眨眼睛後，定神觀察周邊，探尋它神祕的傳達來源。

貓心思天馬行空，當孤獨寂寞時，他們可以製造出一個「假想敵」在眼前，然後再順著想像力的延伸、在虛擬的對峙中，做一番「敵我」殊死戰。這時，貓並非次次都是「勝利者」，他們更讓自己成為「敗方」，利用逃之夭夭的機會，冷靜地磨練如何「智取」的贏術。

貓的創造力，幾乎是生物中的第一名。然而，貓也有致命傷，那就是他們的「地盤意識」。

人類也有強烈的「占地盤」意識，地盤象徵「權力與支配」的力量。文明的發展，使人類在禮儀規範與社會制約下，隱藏了這個力量的突顯，或說使用「戰爭」爭取，戰爭不只利用武力，現在的戰爭包括文化戰、經濟戰、科技戰、細菌戰……總之，所有的征戰目的都是為了占地盤，以延續生命的存活、基因的延續。

相對地，貓的地盤意識往往只為了「自在、輕鬆」；貓可以運用意識型態，創造自己的地盤並生活在其中，這個地盤是貓的「避風港」，貓一旦走出他劃定的「地盤」之外，便會感到十分不安與處處危機。

貓到了主人之家後，會利用磨蹭家具、牆壁的機會，把自己的味道留在上面，以便宣告自己的「地盤」範圍，如果家中又來了其他貓，次來的貓會臣服於元老貓，也就是要另找天地，對於元老貓的地盤不敢造次。

可是，也有性格屈強的貓，仗著身材較大，對於元老貓根本不屑一顧，一來就以噴尿作記號，床上、沙發上、地板上……這些貓大都是正在發情的「公貓」，發情期更需要建立「地盤」意識，以強化自己的優勢來誘引母貓的青睞。

如果有其他貓進入了「地盤」，難免就要展開一場打鬥，主人往往很納悶，看著兩貓原本好好的相處，怎知突然莫名所以的就仇敵一般的開打。原因可能只是某貓的「地盤」被侵犯了。那是貓與貓之間的禁忌。

熟悉了自己地盤生活的貓，一旦被迫離開，就如同被剝奪了安全感。主人要帶貓去看醫生，強行將貓鎖在貓籠裡，這時，貓一定大聲哀嚎，因為貓知道他要被帶到地盤之外，不安與恐慌立刻襲擊他的心。

為了穩定貓的情緒，通常在貓籠裡鋪上一條他熟悉的毛毯或放一個他的玩具，這樣貓聞了氣味，多少有安撫作用。

貓是一種強烈依靠「心靈與感受」的動物，有時比人類還要敏感，以地盤意識來說，貓不在乎地盤範圍的大小，貓只堅守心中那方寸的自在堡壘，因為在這堡壘之內充滿了貓熟悉的味道，方圓之外，那是「好鼻獅」不為人知的苦楚。

貓說：你們人類能夠聞嗅一兆種味道，是很厲害，但這「是福是禍」只有我最明白。

↑ 貓依靠嗅覺判別主人，並分辨食物的新鮮與腐敗。（盧紀君／攝）

材質：麻質／尺寸：長38×寬46cm／產地：德國

家中老虎．．

在小貓還沒有「離乳」之前，
母貓對肖虎人的「目光敏感」，還包括「離家遷徙」；
不辭辛勞的將整窩小貓，叼著去尋找她認為安全的「窩巢」……

多年前，我負責主編《台大醫院婦產科百年之書》時，因採訪而熟識了名醫李茲堯先生。他是收藏「老虎藝術品」的名家，所有收藏品都典藏在他的湖畔別墅，但他不曾對外公開，倒是允諾與我的貓逸品一起聯展。但是這個計畫至今尚未實現，李醫師因為肖虎而長期蒐集老虎的藝術品，據說都是非凡之物與稀世之寶。

虎貓聯展一定轟動，但是我的貓逸品都是隨性之物，難以與李醫師的高價值匹配，這應該就是遲遲沒有下文的緣由吧。

我的貓收藏裡，也有幾個「虎」。雖然老虎屬於「貓科」，但是，虎年一到，對貓來說，猶如籠罩「威脅烏雲」。鄉野民俗有說：生肖屬虎的人，命很硬，氣強悍，會剋生。虎年之時，也都相信婚嫁不宜，就怕喜事沖到煞。

虎年出生的人，難免冤枉，但是，「屬虎」就是等於禁忌，在我家鄉，母貓若生了小貓，屬虎的人一概被禁止去探望。

「會怎樣？」我問母親。

「被屬虎的看到了小貓，母貓就會把一窩小貓都吃掉了。」

「怎麼可能，難道屬虎的人眼睛會發射迷幻藥效？」

「別傻了，貓就是怕老虎。」母親解釋著大與小、強與弱的關係。

原來，母貓在哺乳幼貓時，她知道是自己最脆弱的時候，為了保全幼貓不落入虎口，把他們吃到肚子裡，是母貓護子的天職與本能。在小貓還沒有「離乳」之前，母貓對肖虎人的「目光敏感」，還包括「離家遷徙」；不辭辛勞地將整窩小貓，叼著去尋找她認為安全的「窩巢」。

究竟母貓在執著什麼？「寧為玉碎」還是「同歸於盡」、「避禍南遷」……我百思不解，但這些傳說令人心驚膽跳，鬼故事般地恐怖。這也是一則很深奧的「象徵」意義學。

「有人家發生過嗎？」我問母親。

「當然，一定是有過這樣的悲劇。」母親又加強語氣地說。

「不管怎樣，彼此都注意迴避，總是好的。」

「不要不信邪。」我記得母親是這樣斬釘截鐵地交代。

我想到聖經上說：「不要試探神。」

虎年、肖虎……還有多少貓事會在虎年發生？雖然我並非屬虎，但是每逢「虎年」來臨，我總是特別地忙碌，因為這一年裡一定少不了各種大大小小的「貓活動」，一九九八年，我應一家百貨公司的文化部門之邀，

↑ 貓是家中老虎。（盧紀君／攝） 材質：布質／尺寸：長15×寬10×高25cm／產地：美國

負責企畫「貓世界博覽會」的主辦。虎年辦貓事，而且是台灣歷來最大規模的貓活動，不僅吸引了愛貓人潮，更震撼了寵物界。當時新聞很多，每天都有「點子」上媒體，我也成了受訪的對象，在大談我的「貓美學、愛貓哲學、貓藝術品、養貓祕訣……」等話題時，我說了一樁「貓與虎」的陳年舊事，但是大家都不相信，以為我只是講講黑色幽默而已，並不在意，也沒有報導，如今在非虎年之時，我趁機把這「漏網新聞」補遺。

在我的家鄉，自古有「死貓掛樹頭」的葬貓遺風，這個由來傳說很多，其中有一個少有人知的版本：

一戶人家家裡生了一窩小貓，不想餵養，又送不出去，便趁著黑夜，將小貓封在紙箱裡，丟棄在海邊，企圖讓潮水將貓淹死。

次日，有漁夫在岸上發現了裡面有一大堆動物毛髮的紙箱。漁夫覺得可疑，將它們帶回鎮上探詢查訪。

這毛髮粗糙而密長，不像一般家畜，且經清洗後，出現黃黑相間的虎斑之紋。

有人就猜：「這可不是『虎毛』嗎？」

「別說笑了，哪來的老虎，只不過是個『虎年』罷了。」

「是啊，今年是屬虎的當家，大家小心，別冒犯了虎爺。」

鄉人說到此，忽然破爛的紙箱乾涸、且慢慢自動黏合成型，上面浮出了字樣。

「去問問，這裡有印記呢，不難找出答案。」耆老叮嚀著漁夫。

漁夫於是徹夜不眠，依址找到了這戶人家請求指認。他打開箱子，正要追問對方究竟時，紙箱裡突然跳出一隻大猛虎，瞬間咬斷了這家主人的頭，接著一隻隻的幼虎，也跟著跳出紙箱，追著人就撕咬。

「人血噴得滿牆滿地，我嚇到昏死過去了。」漁夫在警局接受筆錄時說道。

「有吃人老虎，那你怎麼活著呢，你在騙鬼？這是滅門血案，你還在開玩笑！」

「是千真萬確。」

漁夫剛說完，憑空闖入的一群老虎，又把警局弄成了一片「人肉血池」。

這是在我家鄉上演「貓遇到虐待或冤死，必然會討命」的古訓。「死貓掛樹頭」的葬貓遺風，來自人類與貓在世上恩義完成的象徵；如果人不敢如此昭告天地良心，死貓將會變成厲鬼，再起血腥風暴。

〔結語〕

（小乖二世，陳文發／攝於2013年）

鏡花水月

母子二人與二貓。（胡福財／攝於1987年）

自從端午過世後，我回到了半世紀前的生活模式：一人一貓。只是現在的人與貓，都上了年紀。朋友莫不建議再收養幼貓，家裡會熱鬧騰騰。但是，現在我與貓需要的是安靜簡單的生活。

如果把人生比喻為一趟行旅，那麼必有所終點；萬事萬物都有時有歸，我要在這初老適時做出斷捨離，好在下坡路上盡情欣賞沿途景色；我的千件「貓收藏」雖在搬家時，原封不動地隨我來到了曠野偏鄉，但基本上，數量不再增加了。貓也是一樣，原本退休就為了多陪伴端午與小乖的計畫，沒想到端午竟提早走了；這個遺憾反而給我上了鏡花水月的一課。

在我們每個人的生命中，總有那麼一段時間、一個機緣，為我們決定了人生的軌道，如果沒有貓，我這一生的存在也失去了意義，貓是我另一個形影，是我的前世，更是我的今生。

我的原生家庭有八個手足，老么的我，本來沒有「照顧別人」的機會，但因為父親託付我照顧一隻準備捕鼠之用的乳貓，於是我有了「實習」對象，成為貓的褓姆。

小孩、小貓（貓一歲等於人七歲），同齡的兩小無猜，我們一起長大，很快地，貓懷孕生子，但是，很快地，他們親子被迫分離了，母貓因為誤吃中毒的鼠屍而痛苦死亡。

這第一隻貓給我的震撼教育，竟是生死學，為了撫平不可言喻的疼痛，我握著筆摸索絕望的出口，用文字表達「失去所愛」的哀悼；貓像一名尊者，在我年少之時，就抓住了我的注意力，教我自然世界的知識，教我仁慈、寬容、善待、尊重與同理心，讓我觀察舔舐之愛力量，甚至扮演著重複出現的「生老病死」過程。這些正是我成為作家的因緣。

從年少青春到中年初老，從一隻貓到無數隻貓，貓成了我一生的依歸島嶼，無論旅程何時結束，車行什麼時候要靠站，我這個貓褓姆，永遠守候著他們。

（咪子，盧紀君／攝）

唯心 0008

貓事大吉

作　者—心　岱
攝　影—盧紀君
主　編—陳慶祐
編　輯—王俞惠
執行企劃—汪婷婷
美術設計—比比司設計工作室
董事長
總經理—趙政岷
總編輯—周湘琦
出版者—時報文化出版企業股份有限公司
10803台北市和平西路三段二四〇號七樓
發行專線—（〇二）二三〇六六八四二
讀者服務專線—〇八〇〇—二三一七〇五・（〇二）二三〇四七一〇三
讀者服務傳真—（〇二）二三〇四六八五八
郵撥—一九三四四七二四時報文化出版公司
信箱—台北郵政七九～九九信箱
時報悅讀網—http://www.readingtimes.com.tw
電子郵件—history@readingtimes.com.tw
時報出版臉書—http://www.facebook.com/readingtimes.fans
流行生活線臉書—http://www.facebook.com/ctgraphics
法律顧問—理律法律事務所　陳長文律師、李念祖律師
印　刷—詠豐印刷有限公司
初版一刷—二〇一五年五月二十二日
定　價—新台幣二八〇元
⊙行政院新聞局局版北市業字第八〇號

國家圖書館出版品預行編目（CIP）資料

貓事大吉 / 心岱著. -- 初版. -- 臺北市：時報文化, 2015.05
224面；14.8×21公分. --（唯心；08）
ISBN 978-957-13-6260-1（平裝）

855　　104006203

ISBN 978-957-13-6260-1
Printed in Taiwan